Cuentos de la India

Cuentos de la India

CUENTOS POPULARES DE

Bengala, el Punjab y Tamil Nadu

ILUSTRACIONES DE

Swabhu Kohli y Viplov Singh

MADRID - MÉXICO - BUENOS AIRES - SANTIAGO
2023

Título original: *Tales of India. Folktales from Bengal, Punjab, and Tamil Nadu*
© 2018. Ilustraciones de interior, Chronicle Books, por Svabhu Kohli y Viplov Singb
© 2023. De esta edición, Editorial EDAF, S.L.U. por acuerdo con Chronicle Books LLC, 680 Second Street, San Francisco, California 94107, USA, representados por ACER Agencia Literaria, Amor de Dios, 1, 28014, Madrid, España
© 2023. De la traducción: José Antonio Álvaro Garrido

Jorge Juan, 68. 28009 Madrid, España
Tel. (34) 91 435 82 60
Fax (34) 91 431 52 81
http://www.edaf.net

ALGABA EDICIONES, S.A. de C.V.
Calle 21, Poniente 3323, Colonia Belisario Domínguez
(entre la 33 Sur y la 35 Sur)
Puebla, 72180, México
Telf.: 52 22 22 11 13 87
jaime.breton@edaf.com.mx

EDAF DEL PLATA, S. A.
Chile, 2222
1227 Buenos Aires, Argentina
Tel/Fax (54) 11 43 08 52 22
edaf4@speedy.com.ar

EDAF CHILE, S. A.
Huérfanos, 1178, Oficina 501
Santiago, Chile
comercialedafchile@edafchile.cl

Octubre 2023

ISBN: 978-84-414-4258-0
Depósito legal: M-22829-2023

PRINTED IN SPAIN   IMPRESO EN ESPAÑA
COFAS

Criatura maravillosa, la más encantadora de las princesas
—me dijo ella—, me has deleitado con una historia excelente.
Pero la noche es larga y tediosa.
Así que, por favor, cuéntame otra más.

—REVERENDO CHARLES SWYNNERTON, F.S.A.,
"Gholâm Badshah y su hijo Ghool"

Contenido

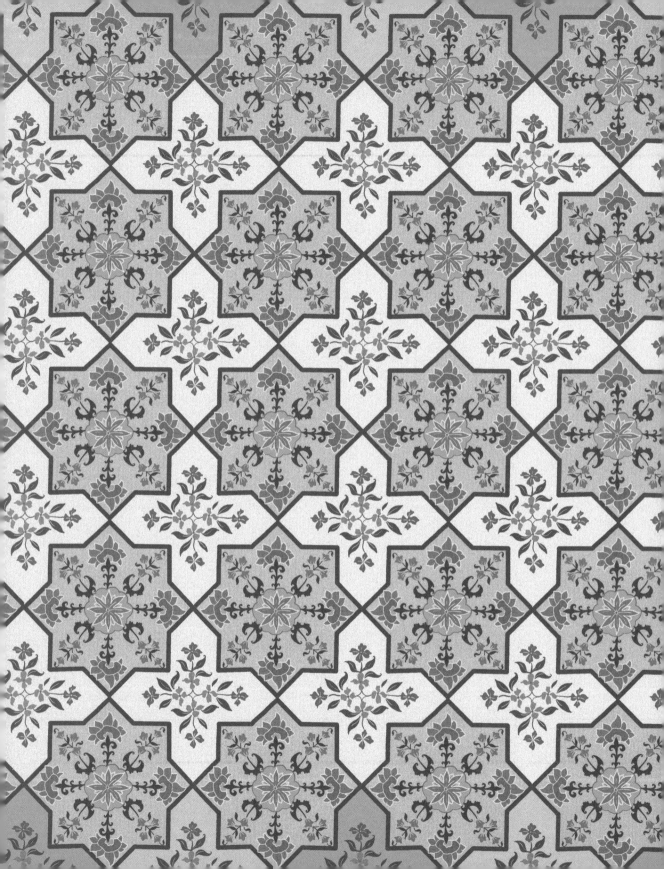

Cuentos de animales

EL MAL NEGOCIO DEL OSO

Punjab

Érase una vez un leñador muy anciano que vivía con su esposa, también muy anciana, en una pequeña cabaña, cerca del huerto de un hombre rico, tan cerca que las ramas de un peral colgaban justo sobre el patio de su cabaña. Ahora bien, ocurre que el rico y el leñador habían acordado que, si caía alguna fruta en el patio, la pareja de ancianos podría comérsela; de modo que os podéis imaginar con qué ojos hambrientos contemplaban las peras madurar, y rezaban para que una tormenta de viento, o una bandada de murciélagos, o cualquier otra circunstancia hiciera caer la fruta. Pero no les llegaba nada, y la vieja esposa, que era una vieja gruñona y regañona, declaró que se convertirían sin remedio en mendigos. Así que empezó a dar a su marido tan solo pan seco para comer, y le insistió en que trabajara más duro que nunca, hasta que el pobre viejo adelgazó a más no poder; ¡y todo porque las peras no caían! Por fin, el leñador se plantó y declaró que no trabajaría más si su mujer no le daba *khichrī*[1] para cenar; así que, de muy mala gana, la vieja cogió un puñado de arroz y legumbres, y un poco de mantequilla y especias, y se puso a cocinar un sabroso *khichrī*. ¡Qué olor tan apetitoso desprendía, sin duda! El leñador quiso engullirlo en cuanto estuvo listo.

---

[1] El *khichrī* es un plato de la cocina india que contiene una combinación de arroz y lentejas. Estos se ponen a remojo hasta que pierden su consistencia y se aliñan con sal, cúrcuma y otras especias. Se suelen añadir verduras tales como coliflor, patata, etc.

—No, no —gritó la esposa codiciosa—, no hasta que me hayas traído otra carga de leña; y ten cuidado de que sea de la buena. Debes trabajar para ganarte la cena.

Así que el viejo se dirigió al bosque y empezó a talar y a cortar con tal ahínco, que no tardó en hacerse con un gran fardo de leña y, a cada leño que cortaba, le parecía oler el sabroso *khichri* y pensaba en el festín que se avecinaba. En aquel momento, se le acercó un oso agitando su gran morro negro y con sus ojillos agudos mirando a su alrededor, porque los osos, aunque son bastante benévolos por lo general, también son terriblemente curiosos.

—¡La paz sea contigo, amigo! —dijo el oso—. Pero ¿qué vas a hacer con ese hato de leña tan grande?

—Es para mi mujer —respondió el leñador—. Lo cierto es que —añadió en confidencia, relamiéndose los labios— ¡ha hecho un *khichri* para cenar!, y si le llevo un buen atado de leña, seguro que me da una ración abundante. Oh, mi querido amigo, ¡tan solo tienes que oler ese *khichri*!

Al oír algo así, al oso se le hizo la boca agua, pues, como todos los osos, era un glotón tremendo.

—¿Crees que tu mujer también me daría un poco si le llevara un haz de leña? —preguntó ansioso.

—Tal vez, si la carga fuera muy grande —respondió el leñador con astucia.

—¿Bastaría con un quintal? —preguntó el oso.

—Me temo que no —respondió el leñador, meneando la cabeza—. Verás, el *khichri* es un plato caro de hacer, porque lleva arroz, mucha mantequilla, legumbres y...

—¿Bastaría con ocho quintales?

—Lo dejamos en media tonelada y será una ganga —repuso el leñador.

—Media tonelada es una gran cantidad —rezongó el oso.

—El *khichri* lleva azafrán —dejó caer el leñador como quien no quiere la cosa.

El oso se relamió los labios y sus ojillos centellearon de deseo y deleite.

—¡Bueno, trato hecho! Vete a casa sin tardanza y dile a tu mujer que mantenga el *khichri* caliente; estaré contigo en un abrir y cerrar de ojos.

El leñador se fue muy contento a contarle a su mujer que el oso había aceptado traerle media tonelada de leña a cambio de una parte del *khichri*.

Ahora bien, aunque la esposa no podía dejar de admitir que su marido había hecho un buen negocio, como era gruñona por naturaleza, estaba decidida a no mostrarse complacida, así que empezó a regañar al viejo por no haber fijado exactamente la porción que le correspondía al oso.

—Porque —le dijo— se engullirá la olla entera, antes de que hayamos terminado de comer nuestra primera ración.

El leñador palideció.

—En tal caso —dijo—, será mejor que empecemos a comer ahora, y comencemos con buen pie.

Así que, sin más preámbulos, se acuclillaron en el suelo, con la olla de latón entre los dos llena de *khichrî*, y empezaron a comer tan rápido como pudieron.

—Acuérdate de dejar un poco para el oso, mujer —avisó el leñador con la boca llena.

—Desde luego, desde luego —respondió ella, sirviéndose otro puñado.

»Querido —gritó a su vez la anciana, con la boca tan llena que apenas podía hablar—, ¡acuérdate del pobre oso!

—¡Claro, claro, mi amor! —respondió el anciano, tomando otro bocado.

Y así siguió la cosa, hasta que no quedó ni un grano en la olla.

—¿Qué vamos a hacer ahora? —se lamentó el leñador—. Todo es culpa tuya, esposa, por comer tanto.

—¿Culpa mía? —replicó su mujer con sorna—. ¡Pero si tú comiste el doble que yo!

—¡No, no lo hice!

—¡Sí que lo hiciste! Los hombres siempre comen más que las mujeres.

—¡No, no lo hacen!

—¡Sí que lo hacen!

—Bueno, es inútil discutir por eso ahora —dijo el leñador—. Lo que importa es que el *khichrî* ha volado y el oso se pondrá furioso.

—Eso no importaría mucho, si pudiéramos conseguir la leña —le replicó la avariciosa anciana—. Te diré lo que tenemos que hacer: guardar bajo llave todo lo que haya de comer en la casa, dejar la olla de *khichrî* al fuego y escondernos en el desván. Cuando venga el oso pensará que hemos salido y le hemos dejado la cena. Entonces, soltará el fardo y entrará. Por supuesto que alborotará un poco cuando vea que la olla está vacía, pero no puede causar mucho daño, y no creo que se tome la molestia de llevarse la leña.

Así que se apresuraron a guardar toda la comida y a esconderse en el desván. Mientras tanto, el oso se afanaba en recoger su haz de leña, lo que le llevó mucho más tiempo de lo que esperaba; sin embargo, finalmente, llegó exhausto a la cabaña del leñador. Al ver la olla de latón junto al fuego, dejó su carga y entró. Y entonces, ¡maldita sea!, se enfadó mucho cuando no encontró nada en ella: ni un grano de arroz, ni una pizca de legumbres, tan solo un olor tan desasosegante que le hizo llorar de rabia y decepción. Se puso de muy mal humor, pero, aunque puso la casa patas arriba, no pudo encontrar ni un bocado de comida. Por último, declaró que volvería a llevarse la leña, pero, como había imaginado la astuta anciana, cuando se puso a la tarea, no se animó, ni siquiera por venganza, a cargar con algo tan pesado.

—No me iré con las manos vacías —se dijo, agarrando la olla de *khichri*—, ¡si no puedo tener el sabor, tendré al menos el olor!

Al salir de la cabaña, vio las hermosas peras doradas que colgaban en el patio. Se le hizo la boca agua al instante, pues tenía un hambre desesperada y las peras eran las primeras de la temporada; en un santiamén estuvo junto a la pared, subido al árbol, y recogiendo la más grande y madura que encontró, se la estaba metiendo en la boca, cuando se le ocurrió una idea.

—Si me llevo estas peras a casa, podré venderlas por una buena suma a los otros osos, y luego, con el dinero podré comprar algo de *khichri*. ¡Ja, ja, ja! Después de todo, ¡saldré ganando con el trato!

Dicho esto, empezó a recoger las peras maduras tan rápido como pudo y a echarlas en la olla de *khichri*; pero cada vez que llegaba a una que no estaba madura, sacudía la cabeza y se decía:

—Nadie la compraría, pero es una pena desperdiciarla.

Así que se la metía en la boca y se la comía, haciendo muecas de disgusto si estaba demasiado agria.

Durante todo ese tiempo, la mujer del leñador había estado observando al oso a través de una rendija, conteniendo la respiración por miedo a ser descubierta; pero, al final, como era asmática y estaba resfriada, no pudo aguantar más y, justo cuando la olla *khichrî* estaba llena de peras maduras y doradas, se le escapó el estornudo más tremendo que jamás se haya oído:

—¡ATCHUS!

El oso, pensando que alguien le había disparado, dejó caer la olla de *khichrî* en el patio de la cabaña y huyó hacia el bosque tan rápido como se lo permitieron sus patas.

Así que el leñador y su mujer tuvieron el *khichrî*, la leña y las codiciadas peras, en tanto que el pobre oso no consiguió otra cosa que un fuerte dolor de estómago por comer fruta verde.

LA CHICA BRAHMÁN QUE SE CASÓ CON UN TIGRE

Tamil Nadu

En cierto pueblo, vivía un viejo brahmán que tenía tres hijos y una hija. A la chica, siendo la más joven, la criaron con mucha ternura y llegó a ser hasta mimada, por lo que, cada vez que veía a un hermoso muchacho, les decía a sus padres que debía casarse con él. Sus padres, por lo tanto, estaban muy preocupados en idear excusas para alejarla de sus jóvenes pretendientes. Así transcurrieron algunos años, hasta que la muchacha estuvo a punto de alcanzar la pubertad y entonces los padres, temiendo ser expulsados de su casta si no conseguían casarla antes de que llegara a la madurez, empezaron a preocuparse por encontrarle un novio.

Ahora bien, ocurre que cerca de su pueblo vivía un tigre feroz, que había alcanzado una gran destreza en las artes mágicas y tenía el poder de asumir diferentes formas. Teniendo un gran querencia por la comida de los brahmanes, el tigre solía acudir de vez en cuando a los templos y otros lugares de alimentación pública, encarnándose en la forma de un viejo y famélico brahmán, con el fin de compartir la comida preparada para los brahmanes. El tigre también quería obtener, si era posible, una esposa brahmán para llevarla al bosque, y allí hacerla cocinar sus comidas a la manera de su gente. Un día, cuando estaba participando de sus comidas, encarnado en la forma de un brahmán, en un *satra*[1] oyó hablar sobre la chica brahmán que invariablemente se enamoraba con cada hermoso muchacho brahmán con que se topaba.

---

[1] Lugar de alimentación comunal.

Así se dijo a sí mismo: «Alabado sea el rostro que vi antes, esta misma mañana. Asumiré la forma de un muchacho brahmán, y apareceré tan hermoso como me sea posible, y así conquistaré el corazón de la muchacha».

A la mañana siguiente se convirtió en un gran *sâstrin* (experto en el *Râmâyaṇa*) y tomó asiento cerca del *ghâṭ*[2] del río sagrado de la aldea. Esparciendo profusamente cenizas sagradas sobre su propio cuerpo, abrió el *Râmâyaṇa* y comenzó a leer.

—La voz del nuevo *sâstrin* es de lo más encantadora. Vayamos a escucharle —se dijeron algunas mujeres entre ellas, y se sentaron ante él para oírle exponer el gran libro.

La muchacha por la que el tigre había adoptado aquella forma llegó a su debido tiempo a bañarse al río y, en cuanto vio al nuevo *sâstrin*, se enamoró de él, y estuvo importunando a su anciana madre para que hablara de él a su padre, a fin de no perder a su nuevo amado. La anciana también estaba encantada con el novio que la fortuna había puesto en su camino y corrió a casa de su esposo, quien, cuando llegó y vio al *sâstrin*, levantó las manos en alabanza del gran dios Mahêśvara. Invitaron al *sâstrin* a comer con ellos y, como este había venido con la precisa intención de casarse con la hija, por supuesto aceptó.

Siguió a aquello una gran cena en honor del *sâstrin*, y su anfitrión comenzó a interrogarle sobre su parentesco y demás detalles, a lo que el astuto tigre respondió que había nacido en una aldea más allá del bosque adyacente. El brahmán no tenía tiempo para esperar a que se hicieran averiguaciones más completas y, como el muchacho era muy apuesto, casó a su hija con él al día siguiente. Hubo después fiestas durante un mes, durante las cuales el novio dio todas las satisfacciones posibles a sus nuevos parientes, que lo supusieron humano en todo momento. También hizo plena justicia a los platos brahmánicos, y se atiborró de todo lo que le pusieron delante.

Pasado el primer mes, el novio-tigre se acordó de sus presas habituales y añoró su morada en el bosque. Un cambio de dieta, durante un día o dos, era algo que estaba muy bien, pero renunciar a su propia comida durante más de un mes le resultaba muy duro. Así que un día dijo a su suegro:

---

[2] Escalinata que lleva a un río o estanque y que sirve para las abluciones religiosas (*N. del T.*).

—Tengo que volver pronto con mis viejos padres, porque estarán lamentando mi ausencia. Pero ¿por qué tendríamos que soportar el doble gasto que supondría volver a venir hasta aquí para llevarme a mi mujer a mi pueblo? Así que, si usted tiene la bondad de dejarme llevármela conmigo, la conduciré a su futuro hogar, y se la confiaré a su suegra, y me ocuparé de que esté bien cuidada.

El viejo brahmán accedió a ello, y replicó:

—Mi querido yerno, tú eres su marido y ella es tu esposa, y ahora la enviamos contigo, aunque es lo mismo que mandarla a un despoblado con los ojos vendados. Pero como consideramos que eres todo para ella, confiamos en que la trates con cariño.

La madre de la novia derramó lágrimas ante la idea de tener que enviarla lejos, pero, a pesar de todo, se convino que al día siguiente harían el viaje. La anciana pasó todo el día preparando pasteles y dulces para su hija y, cuando llegó el momento del viaje, tuvo la precaución de colocar en sus fardos y sobre su cabeza una o dos hojas de margosa[3] para ahuyentar a los demonios. Los parientes de la novia pidieron a su marido que la dejara descansar allí donde encontrara sombra, y comer allí donde encontrara agua, a lo que él accedió, y así emprendieron el viaje.

El chico tigre y su esposa humana viajaron durante dos o tres *ghatikâs*[4] entretenidos en conversación casual y agradable, hasta que la muchacha vio por casualidad un hermoso estanque, alrededor del que los pájaros gorjeaban sus dulces notas. Pidió a su marido que la acompañase hasta la orilla y que comiera con ella algunos pasteles y dulces. Pero él le contestó:

—Cállate o te mostraré mi forma original.

Esa respuesta la asustó, así que prosiguió su camino en silencio, hasta que vio otro estanque, y entonces preguntó lo mismo a su marido, que respondió en el mismo tono. Pero ella tenía mucha hambre y, no gustándole el tono de su marido, al que notaba que había cambiado mucho desde que habían entrado en el bosque, le dijo:

---

[3] Entre los hindúes de casta alta, cuando las muchachas dejan un pueblo y van a otro, la anciana de la casa —la madre o la abuela— siempre coloca en sus fardos y sobre su cabeza unas cuantas hojas de margosa (árbol propio de los trópicos) como talismán contra los demonios.

[4] Un *ghatikâ* son 24 minutos. Como la historia es hindú, se utiliza el método hindú para calcular la distancia.

—Muéstrame tu forma original.

Apenas pronunciadas por ella tales palabras, su marido dejó de ser un hombre. Cuatro patas, una piel a rayas, una larga cola y la cara de un tigre se le aparecieron de repente y, ¡horror de horrores, era un tigre y no un hombre el que estaba ante ella! Tampoco se apaciguaron sus temores cuando el tigre, con voz humana, habló así:

—Has de saber desde ahora que yo, tu marido, soy un tigre, este mismo tigre que ahora te habla. Si tienes algún apego a tu vida, debes obedecer sin rechistar todas mis órdenes, porque puedo hablarte con voz humana y entender lo que dices. En un par de *ghatikâ*s, llegaremos a mi casa, de la que serás el ama. En la fachada de mi casa verás media docena de tinas, cada una de las cuales deberás llenar diariamente con algún plato cocinado a tu manera. Yo me encargaré de suministrarte todas las provisiones que necesites para ello.

Dicho esto, el tigre la condujo sin prisas hasta su casa.

La desdicha de la muchacha es más fácil de imaginar que de describir, pues cualquier resistencia le supondría una condenada a muerte. Así que, llorando todo el camino, llegó a casa de su marido. Dejándola allí, él salió y regresó con varias calabazas y algo de carne, con todo lo cual ella pronto no tardó en preparar un curry y se lo dio a su marido. Después, él volvió a salir y regresó, ya al anochecer, con varias verduras y algo más de carne, y le dio una orden:

—Cada mañana saldré en busca de provisiones y presas, y traeré algo conmigo a mi regreso: debes tenerme hecha la comida, cocinada con lo que traiga a casa.

A la mañana siguiente, en cuanto el tigre se hubo marchado, ella cocinó todo lo que quedaba en la casa y llenó todas las tinas de comida. Al décimo *ghatikâ*, el tigre regresó y gruñó:

—¡Huelo a humano! Huelo una mujer en mi bosque.

Y su esposa se encerró en la casa, llena de miedo. Tan pronto como el tigre hubo saciado su apetito, le dijo que abriera la puerta, cosa que ella hizo, y hablaron durante un rato, tras lo cual el tigre descansó algo, para luego volver a salir de caza. Así pasaron muchos días, hasta que la esposa brahmán del tigre tuvo un hijo, que también resultó ser tan solo un tigre.

Un día, luego de que el tigre hubiera salido al bosque, su mujer estaba llorando a solas en la casa, cuando un cuervo picoteó por casualidad un poco de arroz que había desparramado en las proximidades y, al ver a la muchacha llorando, empezó también él a derramar lágrimas.

—¿Puedes ayudarme? —preguntó la chica.

—Sí —respondió el cuervo.

Entonces, ella sacó una hoja de palmera y escribió en ella, con un clavo de hierro, todas las penalidades que estaba sufriendo en el bosque, y pidió a sus hermanos que acudieran a auxiliarla. Ató la hoja de palmera al cuello del cuervo y este, pareciendo comprender sus pensamientos, voló a su aldea y aterrizó ante uno de sus hermanos. Este desató la hoja, leyó el contenido de la carta y se lo contó a sus otros hermanos. Los tres partieron entonces hacia el bosque, pidiendo a su madre que les preparase algo de comer para el camino. Como no tenía suficiente arroz para los tres, hizo una gran bola de arcilla y la cubrió con el arroz que tenía, para que pareciese una bola de arroz. Se la dio a los hermanos para que comieran por el camino y los puso en camino hacia el bosque.

No habían avanzado mucho cuando vieron un asno. El más joven, que tenía un carácter juguetón, quiso llevarse el asno consigo. Los dos hermanos mayores se opusieron durante un tiempo, pero al final le dejaron salirse con la suya. Más adelante vieron una hormiga, que el hermano mediano se llevó consigo. Cerca de la hormiga había una gran palmera tirada en el suelo y que el mayor se llevó consigo para alejar al tigre.

El sol estaba ya muy alto en el horizonte y los tres hermanos tenían mucha hambre. Se sentaron cerca de un estanque y abrieron el fardo que contenía la bola de arroz. Para su decepción, descubrieron que era de barro, pero, como estaban hambrientos, se bebieron toda el agua del estanque y prosiguieron su viaje. Al salir del estanque, encontraron una gran bañera de hierro que pertenecía al lavandero del pueblo vecino. Se la llevaron junto con el asno, la hormiga y la palmera. Siguiendo el camino descrito por su hermana en la carta que había entregado al cuervo, anduvieron sin cesar hasta llegar a la casa del tigre.

La hermana, encantada de volver a ver a sus hermanos, corrió enseguida a darles la bienvenida.

—Mis queridos hermanos, me alegro mucho de que hayáis venido a auxiliarme, pero se acerca la hora en que ha de volver el tigre, así que escondeos en el desván y esperad a que se vaya.

Dicho esto, ayudó a sus hermanos a subir al desván. Para entonces el tigre había regresado, y percibió la presencia de seres humanos debido a su peculiar olor. Preguntó a su mujer si había llegado alguien a su casa. Ella respondió:

—No.

Pero cuando los hermanos, que estaban sentados en el desván con los trofeos recogidos a lo largo del camino —el asno, la hormiga y demás—, vieron al tigre jugueteando con su hermana, se asustaron mucho; tanto, que el más joven, a causa del miedo, empezó a hacer agua y, como había bebido una gran cantidad de agua del estanque, se orinó por toda la habitación. Los otros dos también siguieron su ejemplo, y de esa forma se produjo un diluvio en la casa del tigre.

—¿Qué es todo esto? —preguntó espantado el tigre a su mujer.

—No es más que orina de tus cuñados —repuso ella—. Llegaron hará una guardia⁵, y quieren verte cuando acabes de comer.

—¿Podrán mis cuñados soltar toda esta agua? —pensó para sus adentros el tigre.

Entonces les pidió que le hablaran, ante lo cual el hermano menor puso la hormiga que tenía en la mano en la oreja del asno y, en cuanto este último sintió el mordisco, comenzó a berrear de la manera más horrible.

—¿Cómo es que tus hermanos tienen la voz tan ronca? —dijo el tigre a su mujer.

A continuación, les pidió que enseñaran las piernas. Envalentonado por la estupidez del tigre en las dos ocasiones anteriores, el hermano mayor extendió ahora la palmera.

—Por mi padre que nunca he visto una pierna semejante —exclamó el tigre.

Y pidió a sus cuñados que mostraran sus vientres. El segundo hermano enseñó ahora la bañera, ante lo cual el tigre se estremeció, diciendo:

—¡Cuánta orina, qué voz tan áspera, qué pierna tan robusta y qué barriga! ¡De verdad, nunca he oído hablar de personas como estas!

---

⁵ Una «guardia» es un *yâma*, o tres horas.

Y salió corriendo.

Ya era de noche, y los hermanos, deseosos de aprovechar el terror del tigre, se dispusieron a volver sin tardanza a casa, con su hermana. Se comieron la poca comida que tenía y le ordenaron que se pusiera en marcha. Afortunadamente para ella, su hijo-tigre estaba dormido. Así que lo partió en dos y colgó los pedazos sobre el hogar, y deshaciéndose así del niño, huyó con sus hermanos hacia casa.

Antes de marcharse, echó el cerrojo a la puerta principal desde dentro y salió por la parte trasera de la casa. En cuanto los trozos del cachorro, que estaban colgados sobre el hogar, empezaron a asarse, gotearon, lo que hizo que el fuego silbara y chisporroteara; y cuando el tigre regresó hacia medianoche, encontró la puerta cerrada y oyó el silbido del fuego, que confundió con el ruido de la cocción de magdalenas[6].

—¡Ya veo! —se dijo—, ¡qué astuta eres! ¡Has echado el cerrojo a la puerta y estás cocinando magdalenas para tus hermanos! Vamos a ver si conseguimos tus magdalenas.

Y diciendo esto, dio la vuelta hasta la puerta trasera y entró en su casa, y se quedó de lo más perplejo al encontrar a su cachorro partido en dos y asándose, su casa abandonada por su esposa brahmán, ¡y sus propiedades saqueadas! Pues su esposa, antes de marcharse, se había llevado consigo todas las pertenencias del tigre que le fue posible transportar.

El tigre descubrió así la traición completa de su esposa, y su corazón se afligió por la pérdida de su hijo, que ya no estaba. Decidió vengarse de su mujer y llevarla de vuelta al bosque, y allí partirla en muchos pedazos y no solo dos. Pero ¿cómo traerla de regreso? Adoptó su forma original de joven novio, teniendo en cuenta, por supuesto, el número de años transcurridos desde su matrimonio, y a la mañana siguiente se dirigió a casa de su suegro. Sus cuñados y su esposa vieron desde lejos la forma engañosa que había adoptado e idearon medios para matarlo. Mientras tanto, el tigre brahmán se acercó a la casa de su suegro, y los ancianos le dieron la bienvenida. También los más jóvenes corrieron de aquí para allá, buscando provi-

---

[6] En tamil, *tôsai*.

siones con las que alimentarlo suntuosamente, y el tigre se sintió de lo más complacido por la manera hospitalaria en que lo recibieron.

Había un pozo en ruinas en la parte trasera de la casa, y el mayor de los hermanos colocó unos palos finos sobre la abertura y, sobre ellos, extendió una fina estera. Era costumbre pedir a los invitados que se dieran un baño de aceite antes de cenar, así que sus tres cuñados pidieron al tigre que se sentara en la estera para bañarse. En cuanto se sentó, los delgados palos, incapaces de soportar su peso, cedieron y el astuto tigre cayó con gran estrépito. Rellenaron de inmediato el pozo con piedras y otros desperdicios, impidiendo así que el tigre volviera a hacer más daño.

Pero la muchacha brahmán, en recuerdo de haberse casado con un tigre, levantó un pilar sobre el pozo y plantó encima un arbusto tulasí[7]. Mañana y tarde, durante el resto de su vida, solía untar el pilar con estiércol de vaca sagrada y regar el arbusto tulasí.

Esta historia se cuenta para explicar el proverbio tamil «Śummâ irukkiraya, śuruvattai kâṭṭaṭṭuma», que significa: «Cállate o te mostraré mi forma original».

---

[7] Una hierba fragante, tenida en gran veneración por los hindúes; *Ocymum sanctum*. Esta hierba es sagrada tanto para Siva como para Vishṇu. Las especies especialmente sagradas para Siva son Vendulasî, *Śiru-tulasî* y *Śiva-tulasî*; las de Vishṇu son *Vendulasî*, *Karundulasî* y *Vishṇu-tulasî*.

EL HIJO DEL ADIVINO

❧ ⸱⸱⸱❖⸱⸱⸱ ❧

Tamil Nadu

जन्ममभृति दारिद्र्यं दशवर्षाणि बन्धनम् ।
समुद्रतीरे मरणं किञ्चित् भोगं भविष्यति ॥

He aquí que un adivino, en su lecho de muerte, levantó el horóscopo de su segundo hijo y se lo legó como única propiedad, dejando todo su patrimonio a su hijo mayor. El segundo hijo reflexionó sobre aquel horóscopo, y cayó en las siguientes consideraciones:

«Ay, ¿acaso he nacido solo para esto en el mundo? Las predicciones de mi padre nunca fallaron. Las he visto cumplirse hasta el último detalle, mientras él vivía; ¡y en qué manera ha fijado mi horóscopo! *¡Janma prabhriti dâridryam!* ¡Determina mi pobreza de entrada! Y no solo he de permanecer en esa miserable condición. *Daś a varshâni bandhanam*: durante diez años, encarcelamiento, que es un destino todavía más duro que la pobreza; ¿y qué viene después? *Samudratîrê maranam*: muerte a orillas del mar; lo que significa que debo morir lejos de casa, lejos también de amigos y parientes, en una costa marina. La miseria ha alcanzado aquí su colmo. Ahora viene la parte más entretenida del horóscopo. *Kiñchit bhôgam bhavishyati*: ¡voy a tener algo de felicidad después! En qué consista tal felicidad es un enigma para mí: ¡morir primero, ser feliz durante algún tiempo después! ¿Qué felicidad? ¿Es la felicidad en este mundo? Así debe de ser. Porque, por muy inteligente que uno sea, no puede predecir lo que sucederá en el otro mundo. Por lo tanto, debe de tratarse de la felicidad en este mundo; ¿y cómo puede ser eso factible después de mi muerte? Es imposible. Creo que mi padre solo ha querido decir esto para concluir dándome cierto consuelo por la serie de calamidades que me ha profetizado. Tres partes de su profecía seguro que resultan ciertas; la cuarta y última es una mera declaración consoladora para ayudarme a soportar con paciencia las calamidades enumeradas y, en ningún caso, para convertirse en algo cierto. Por lo tanto, me acercaré a Benarés, a bañarme en el sagrado Ganges, lavar mis pecados, y prepararme para lo que me espera. Será mejor que evite las orillas del mar, no sea que la muerte me encuentre allí, de acuerdo con las palabras de mi padre. Ven a mí, prisión: estoy preparado para soportarla durante diez años.

Eso fue lo que pensó y, una vez terminadas todas las ceremonias fúnebres de su padre, se despidió de su hermano mayor y partió hacia Benarés. Se dirigió por el centro del Dakhan, evitando ambas costas, y siguió viajando y viajando durante semanas y meses, hasta que por fin llegó a las llanuras del Vindhya. Al atravesar aquel desierto, tuvo que viajar durante un par de días por una llanura arenosa, sin señales de vida ni vegetación. Las pocas provisiones que llevaba, para un par de días, se agotaron. El *chombu*[1], que llevaba siempre lleno, reponiéndolo con el agua dulce del riachuelo que fluía o del abundante estanque, se le había agotado debido al calor del desierto. No tenía ni un bocado a mano para comer, ni una gota de agua para beber. Volvía los ojos a todas partes y solo encontraba un vasto desierto, del que no veía medio de escapar. Sin embargo, pensó para sus adentros: «La verdad es que las profecías de mi padre nunca resultaron falsas. Debo sobrevivir a esta calamidad para encontrar la muerte en alguna ribera marina».

Eso fue lo que pensó, y tal pensamiento le dio fuerzas para caminar rápido y tratar de encontrar alguna gota de agua en algún lugar, para así aliviar su garganta seca. Por fin, lo consiguió, o más bien pensó que lo había conseguido. El cielo puso en su camino un pozo en ruinas. Pensó que podría recoger un poco de agua si bajaba su chombu con la cuerda que siempre llevaba atada al cuello. Así pues, lo bajó; el

---

[1] Recipiente (*N. del T.*).

recipiente recorrió un trecho y se detuvo, y lo siguiente fue que unas palabras surgieron del pozo:

—¡Oh, libérame! Soy el rey de los tigres y me muero de hambre. Durante los últimos tres días no he comido nada. La fortuna te ha enviado hasta aquí. Si me ayudas en este trance, encontrarás en mí ayuda segura durante el resto de tu vida. No pienses que soy una bestia depredadora. Cuando te hayas convertido en mi libertador, ya nunca podré tocarte. Te ruego con el mayor respeto que me saques.

Gaṅgâdhara que así se llamaba el segundo hijo del Adivino, se encontró en una situación de lo más desconcertante.

—¿Lo saco o no lo saco? Si lo saco, puede que me convierta en el primer bocado que se lleve a sus fauces hambrientas. Pero no; no lo hará. Porque las profecías de mi padre nunca dejaron de cumplirse. Debo morir en una costa y no bajo las garras de un tigre.

Eso fue lo que pensó, y pidió al tigre-rey que se sujetara con fuerza al recipiente, cosa que el otro hizo, y lo izó luego con lentitud. El tigre alcanzó así la boca del pozo y se sintió en terreno seguro. Fiel a su palabra, no hizo ningún daño a Gaṅgâdhara. Por el contrario, dio tres vueltas alrededor de su auxiliador y, plantado ante él, pronunció humildemente las siguientes palabras:

—¡Mi dador de vida, mi benefactor! Nunca olvidaré este día, en el que recuperé la vida gracias a tus bondadosas manos. A cambio de esta amable ayuda, juro estar a tu lado en todas las calamidades. Cuando te encuentres ante cualquier dificultad, piensa en mí. Estaré a tu lado, dispuesto a ayudarte en todo lo que pueda. Hace tres días vagaba por aquel bosque cuando vi pasar a un orfebre. Lo perseguí. Él, ante la imposibilidad de escapar a mis garras, saltó a este pozo y ahora se encuentra en el fondo del mismo. Yo también salté, pero me encontré en el primer piso; él está en el último y cuarto. En el segundo piso vive una serpiente medio muerta de hambre. En el tercer piso hay una rata, también medio muerta de hambre, y cuando vuelvas a sacar agua, te pedirán que las liberes. De igual manera, el orfebre también te lo puede pedir. Te digo, como tu amigo devoto, que nunca ayudes a ese miserable, aunque sea tu pariente como ser humano que es. Los orfebres nunca son de fiar. Puedes confiar más en mí, un tigre, aunque a veces me dé un festín con los hombres, o en una serpiente cuya picadura te emponzoña la sangre en pocos instantes, o en una rata, que hace mil diabluras en tu casa. Pero nunca confíes en un orfebre. No lo liberes, y si lo haces, seguro que un día u otro te arrepentirás de ello.

Tras lanzar esta advertencia, el tigre hambriento se marchó sin esperar respuesta.

Gaṅgâdhara pensó varias veces en la forma elocuente en que el tigre se había dirigido a él, y se admiró de su fluidez de palabra. Pero su sed no se mitigaba. Así que volvió a bajar su vasija, y ahora la atrapó la serpiente, que se dirigió a él con estas palabras:

—¡Oh, mi protector! Súbeme. Soy el rey de las serpientes, y el hijo de Âdiśêsha, que ahora suspira agónicamente debido a mi desaparición. Libérame ahora. Seré tu siervo por siempre, recordaré la asistencia que me prestaste y te ayudaré durante toda la vida, de todas las formas posibles. Ayúdame: me estoy muriendo.

Gaṅgâdhara, recordando de nuevo el *Samudratîrê maranam* —la muerte en la orilla del mar— la subió. La serpiente, al igual que el tigre-rey, dio tres veces la vuelta a su alrededor y, postrándose ante él, habló así:

—Oh, mi dador de vida, mi padre, pues así debo llamarte, ya que me has dado otro nacimiento, ya te he dicho que soy hijo de Âdiśêsha, y que soy el rey de las serpientes. Hace tres días, estaba tomando el sol de la mañana, cuando vi una rata corriendo delante de mí. La perseguí. Cayó en este pozo. La seguí, pero en vez de caer en el tercer piso, donde ahora yace, aterricé en el segundo. Esa misma noche, el orfebre también cayó en el cuarto piso, y el tigre que liberaste justo antes que yo cayó en el primero. Lo que tengo que decirte ahora es que no liberes al orfebre, aunque sí a la rata. Por regla general, los orfebres nunca son de fiar. Ahora me voy a ver a mi padre. Cuando estés en dificultades, piensa en mí. Estaré a tu lado para ayudarte por todos los medios posibles. Si, a pesar de mis repetidos consejos, sueltas al orfebre, sufrirás de forma terrible por ello.

Dicho esto, el Nâgarâja (el rey-serpiente) se alejó con movimientos zigzagueantes y se perdió de vista en un instante.

El pobre hijo del Adivino, que ahora casi se moría de sed, y que incluso, a pesar de creer con firmeza en las palabras de su padre, llegó a pensar que los mensajeros de la muerte estaban cerca de él, hizo descender su vasija por tercera vez. La rata se agarró a la misma y él, sin plantearse otra cosa, levantó al pobre animal de inmediato. Pero este no se iría sin mostrar su elocuencia:

—Oh, vida de mi vida, mi benefactor: soy el rey de las ratas. Siempre que estés sufriendo alguna calamidad piensa en mí. Vendré a ti y te ayudaré. Mis agudos oídos escucharon todo lo que el rey tigre y el rey serpiente te contaron sobre el *Svarnataskara* (orfebre), que está en el cuarto piso. No es más que una triste verdad esa de que nunca se debe confiar en los orfebres. Por lo tanto, nunca le ayudes, como lo has hecho con todos nosotros. Y si lo haces, lo sentirás. Tengo hambre; déjame ir ahora.

Y despidiéndose así de su benefactor, también la rata echó a correr.

Gaṅgâdhara, por un momento, pensó en el repetido consejo que le habían dado los tres animales acerca de liberar al orfebre.

«¿Qué mal habría en que yo lo ayudase? ¿Por qué no habría de liberarlo también?».

Así que, con esas reflexiones hechas para sí mismo, Gaṅgâdhara volvió a descender la vasija. El orfebre se agarró a ella y le pidió ayuda. El hijo del Adivino no tenía tiempo que perder, puesto que él mismo se estaba muriendo de sed. Así pues, subió al orfebre, que de inmediato comenzó a contarle su historia.

—Aguarda un momento —le dijo Gaṅgâdhara.

Y solo después de saciar su sed tras bajar su vasija por quinta vez, no sin el temor de que aún alguien pudiera quedar en el pozo y reclamar su ayuda, prestó oídos al orfebre, que comenzó así:

—Mi querido amigo, mi protector, qué cantidad de tonterías te decían esos brutos sobre mí; me alegro de que no hayas seguido sus consejos. Ahora mismo me estoy muriendo de hambre. Permíteme que me vaya. Mi nombre es Mânikkâśâri. Vivo en la calle principal del este de Ujjaini, que está a 20 *kôs* al sur de este lugar y, por lo tanto, te queda de camino cuando regreses de Benarés. No olvides venir a verme y recibir mi efusivo reconocimiento por tu ayuda, cuando regreses a tu país.

Y con tales palabras, el orfebre se despidió, y Gaṅgâdhara también siguió su camino hacia el norte, después de las aventuras que acababa de pasar.

Llegó a Benarés y vivió allí más de diez años, dedicando su tiempo a bañarse, rezar y otras ceremonias religiosas. Casi llegó a olvidar al tigre, a la serpiente, a la rata y al orfebre. Tras diez años de vida religiosa, los pensamientos sobre su hogar y su hermano se agolparon en su mente.

—Ya he hecho bastantes méritos gracias a mis observancias religiosas. Es hora de que vuelva a casa.

Eso fue lo que pensó Gaṅgâdhara para sus adentros, y de inmediato emprendió el camino de regreso a su tierra. Recordando la profecía de su padre, lo hizo por el mismo camino por el que había ido a Benarés diez años antes. Mientras volvía sobre sus pasos, llegó a aquel pozo en ruinas en el que había salvado a los tres reyes de las fieras y al orfebre. Sin tardanza, los viejos recuerdos acudieron a su mente y pensó en el tigre, para probar su fidelidad. Transcurrió tan solo un momento, y el rey tigre corrió ante él llevando una gran corona en la boca, cuyo brillo de diamantes eclipsó por un momento incluso los brillantes rayos del sol. Dejó caer la corona a los pies de quien le había salvado la vida, y abandonando todo su orgullo, se humilló como un gato doméstico ante las caricias de su protector, y pronunció las siguientes palabras:

—¡Tú que me has dado la vida! ¿Cómo es posible que te hayas olvidado de mí, tu pobre siervo, durante tanto tiempo? Me alegra saber que todavía ocupo un rincón en tu mente. Nunca podré olvidar el día en que debí mi salvación a tus manos de loto. Tengo conmigo varias joyas de poco valor. Esta corona, que es la mejor de todas, la he traído aquí como un ornamento único de gran precio y, por lo tanto, podrás transportarla con facilidad y te será útil en tu propio país.

Gaṅgâdhara observó la corona, la examinó una y otra vez, contó y recontó las gemas, y pensó para sus adentros que se convertiría en el más rico de los hombres si separaba los diamantes y el oro, y los vendía en su propio país. Se despidió del tigre-rey y, tras marcharse este, pensó en los reyes de las serpientes y de las ratas, que llegaron a su vez con sus regalos y, tras las formalidades habituales y el intercambio de palabras, igualmente se despidieron. Gaṅgâdhara quedó sumamente encantado de la fidelidad con que se comportaban las bestias salvajes, y siguió su camino hacia el sur. Mientras avanzaba, se dijo a sí mismo:

—Estas bestias han sido muy fieles cuando las he necesitado. Mucho más, por lo tanto, debe de serlo Mânikkâśâri. No quiero nada de él ahora. Si llevo esta corona conmigo tal como está ahora, va a ocupar mucho espacio en mi equipaje. También puede excitar la curiosidad de algunos ladrones, a lo largo del camino. Así que me desviaré hacia Ujjain. Mânikkâśâri me pidió que lo visitase sin falta en mi viaje de regreso. Así lo haré, y le pediré que haga fundir la corona, para separar los diamantes y el oro. Tendrá que hacerme al menos este favor. Así que voy a envolver estos diamantes y la bola de oro en mis trapos, y voy a cambiar mi camino de vuelta a casa.

Y así, dándole vueltas a las cosas, llegó a Ujjaini. Sin demora alguna, preguntó por la casa de su amigo el orfebre, y lo encontró sin dificultad. Mânikkâśâri se alegró enormemente de encontrarse en su umbral a aquel que diez años antes, a pesar de los consejos que repetidamente le habían dado el tigre, la serpiente y la rata de aspecto sabio, le había librado del pozo de la muerte. Gaṅgâdhara le mostró inmediatamente la corona que había recibido del tigre-rey, le contó cómo la había conseguido y le pidió su amable ayuda para separar el oro y los diamantes. Mânikkâś âri accedió a hacerlo y pidió a su amigo que, mientras tanto, descansara un rato para bañarse y comer; y Gaṅgâdhara, que era muy observante de sus ceremonias religiosas, se fue directamente al río a bañarse.

¿Cómo llegó una corona a las fauces de un tigre? No es una pregunta difícil de resolver. Un rey debió de proveer la mesa del tigre durante uno o dos días. De no haber sido así, el tigre no podría haber tenido una corona en su poder. De hecho, eso fue lo que sucedió. Una semana antes, el rey de Ujjaini había salido de caza con todos sus cazadores. De repente, un tigre —como sabemos ahora, el mismísimo rey-tigre— salió del bosque, atrapó al rey y desapareció. Los cazadores regresaron e informaron al príncipe de la triste calamidad que había sufrido su padre. Todos vieron cómo el tigre se llevaba al rey. Sin embargo, no tuvieron el valor de empuñar sus armas para llevar al príncipe al menos el cadáver de su padre; su valor nos recuerda la copla del *Cuento del niño*:

> «Veinticuatro marineros fueron a matar un caracol;
> El mejor hombre entre ellos no se atreve a tocarle la cola».

Cuando informaron al príncipe de la muerte de su padre, aquel lloró y se lamentó, y anunció que daría la mitad de su reino a quien le trajera noticias sobre el asesino de su padre. El príncipe no creía en absoluto que su padre hubiera sido devorado por el tigre. Creía que unos cazadores, codiciando los ornamentos que llevaba encima el rey, le habían dado muerte. Por eso había hecho proclamar tal anuncio. El orfebre sabía muy bien que había sido un tigre el que había matado al rey, y no las manos de ningún cazador, ya que había oído contar a Gaṅgâdhara cómo había obtenido la corona. Aun así, se impuso en él la codicia de conseguir la mitad del reino, y resolvió para sus adentros hacer pasar a Gaṅgâdhara por el asesino del rey. La corona yacía en el suelo, ahí donde Gaṅgâdhara la había dejado, llevado de su plena confianza en Mânikkâśâri. Antes de que regresase el que fuera su protector, el orfebre, ocultando la corona bajo sus ropas, corrió a palacio. Se presentó ante el príncipe y le informó de que el asesino había sido capturado, y colocó la corona ante él. El príncipe la tomó en sus manos, la examinó, y de inmediato entregó la mitad del reino a Mânikkâśâri, y luego preguntó por el asesino.

«Se está bañando en el río y tiene tal y cual aspecto» fue la respuesta.

Al instante cuatro soldados armados vuelan hasta el río, y atan de pies y manos al pobre brahmán, que está sentado, sumido en meditación, sin conocimiento alguno del destino que se cierne sobre él. Llevan a Gaṅgâdhara a presencia del príncipe, que aparta la mirada del rostro del asesino o supuesto asesino, y pide a sus soldados que lo arrojen al *kârâgriham*. En nada de tiempo, sin saber la causa, el pobre brahmán se encontró en las oscuras grutas del *kârâgriham*.

Antiguamente, el *kârâgriham* respondía a los propósitos de la cárcel moderna. Era un oscuro sótano subterráneo, construido con fuertes muros de piedra, al que conducían a todo criminal culpable de un delito capital para que exhalase allí su último suspiro, privado de comida y bebida. A un sótano así echaron a Gaṅgâdhara.

Así que, pocas horas después de haber abandonado la orfebrería, se encontró en el interior de una oscura celda que apestaba a cuerpos humanos, moribundos y muertos. ¿Cuáles fueron sus pensamientos al llegar a aquel lugar?

«Es el orfebre el que me ha conducido a este miserable estado; y en cuanto al príncipe: ¿por qué no habría de preguntar cómo obtuve la corona? Pero de nada sirve acusar ahora ni al orfebre ni al príncipe. Todos somos hijos del destino. Debemos obedecer sus órdenes. *Daśa-varshâni bandhanam*. Este es solo el primer día de la profecía de mi padre. Hasta ahora su declaración se ha cumplido. Pero ¿cómo voy a pasar diez años aquí? Tal vez, sin nada para mantenerme con vida, pueda arrastrar mi existencia por un día o dos. Pero ¿cómo pasar diez años aquí? Eso no puede ser, y debo morir. Antes de que llegue la muerte, tendré pensar en mis fieles amigos salvajes».

Así reflexionaba Gaṅgâdhara en la oscura celda subterránea, y en ese momento pensó en sus tres amigos. El rey-tigre, el rey-serpiente y el rey-rata se reunieron enseguida con sus ejércitos en un jardín cercano al *kârâgriham* y, por un tiempo, no supieron qué hacer. Una causa común —cómo llegar hasta su protector, que ahora se encontraba en la oscura celda subterránea— los unía a todos. Celebraron un consejo y decidieron abrir un pasadizo subterráneo desde el interior de un pozo en ruinas hasta el *kârâgriham*. La rata *râja* dio inmediatamente una orden, a tal efecto, a su ejército. Con sus ágiles dientes abrieron en el suelo un largo trecho hasta acceder a los muros de la prisión. Al llegar, se dieron cuenta de que sus dientes no podían trabajar sobre las duras piedras. Los *bandicuts*[2] recibieron entonces una orden muy concreta, y con sus duros dientes abrieron una pequeña brecha en el muro para que una rata pudiera pasar y volver a pasar sin dificultad.

Así fue como se abrieron paso.

La rata *râja* entró primero, para condolerse con su protector por su calamidad. El rey de los tigres le hizo saber, a través de la serpiente-rey, que se solidarizaba sinceramente con su dolor y que estaba dispuesto a prestarle toda la ayuda que fuese necesaria para su liberación. También le sugirió un medio para escapar. La serpiente-rey entró y dio a Gaṅgâdhara esperanzas de ser liberado. El rey rata se comprometió a suministrar provisiones a su protector.

—En todas las casas preparan dulces o pan, así que todos y cada uno de vosotros debéis tratar de llevar lo que podáis a nuestro benefactor. Cualquier ropa que encontréis colgada en una casa, cortadla, mojad los trozos en agua y llevad esos trozos mojados a nuestro benefactor. Él los exprimirá y obtendrá así agua para beber; y el pan y los dulces serán su alimento.

---

[2] Mamíferos parecidos a las ratas (*N. del T.*).

Eso fue lo que ordenó el rey de las ratas, y se despidió de Gaṅgâdhara. Las ratas, obedeciendo la orden de su rey, estuvieron suministrando de continuo provisiones y agua.

El Nâgarâja dijo:

—Me solidarizo sinceramente contigo, en tu calamidad; el tigre-rey también se compadece plenamente de ti, y quiere que te lo diga, ya que no puede arrastrar su enorme cuerpo hasta aquí como hemos hecho nosotros, los pequeños. El rey de las ratas ha prometido hacer todo lo posible para mantenerte con vida. Ahora haremos lo posible por conseguir tu liberación. A partir de hoy, daremos órdenes a nuestros ejércitos para que castiguen a todos los súbditos de este reino. La cantidad de muertes por mordedura de serpiente y tigres aumentará a partir de este día. Y día a día, seguirá aumentando hasta que llegue tu liberación. Después de comer lo que te traigan las ratas, es mejor que tomes asiento cerca de la entrada del *kârâgri-ham*. Cuando se produzcan varias muertes antinaturales, algunas de las personas que pasean por la prisión podrían decir: «Qué injusto se ha vuelto ahora el rey. Si no fuera por su injusticia, esas muertes tempranas por mordedura de serpiente nunca habrían tenido lugar». Siempre que oigas a la gente hablar así, será mejor que grites para que te oigan: «El desdichado príncipe me encarceló bajo la falsa acusación de haber matado a su padre, cuando fue un tigre quien lo mató. Desde ese día han estallado estas calamidades en sus dominios. Si me liberaran, salvaría a todos con mis poderes para curar heridas venenosas y mediante encantamientos». Alguien podría así informar de esto al rey, y si él lo sabe, obtendrás tu libertad.

Confortando de esa forma a su protector ahora en apuros, le aconsejó que se armara de valor y se despidió de él. A partir de aquel día, tigres y serpientes, actuando bajo las órdenes concretas de sus reyes, se unieron para matar al mayor número posible de personas y ganado. Todos los días los tigres se llevaban a la gente o las serpientes la mordían. Los estragos continuaban. Gaṅgâdhara bramaba, tan fuerte como podía, que él salvaría esas vidas, si tan solo obtuviera su libertad. Pocos le oyeron. Y los pocos que lo hicieron tomaron sus palabras por la voz de un fantasma.

«¿Cómo habría podido vivir tanto tiempo sin comer ni beber?», se decían, unos a otros, los que caminaban por encima de él. Así pasaron meses y años. Gaṅgâdhara se sentaba en el oscuro sótano, sin que la luz del sol llegase hasta él, y se daba un festín con las migas de pan y los dulces que las ratas tan amablemente le suministraban. Aquellas circunstancias habían cambiado completamente su cuerpo. Se había convertido en una masa de carne roja, robusta, enorme y difícil de manejar. Así pasaron diez años completos, como profetizó el horóscopo: *Daśa-varshâni bandhanam*.

Diez años completos transcurrieron para él en estrecha prisión. La última noche del décimo año, una de las serpientes entró en la alcoba de la princesa y le succionó la vida. Ella expiró. Era la única hija del rey. No tenía más hijos ni hijas. Su única esperanza estaba puesta en ella, y una muerte cruel y prematura se la había arrebatado. El rey llamó de inmediato a todos los curanderos de serpientes. Prometió la mitad de su reino y la mano de su hija a quien le devolviera la vida. Un criado del rey, que había oído varias veces la exclamación de Gaṅgâdhara, le informó del asunto. El rey ordenó sin dilación que se examinara la celda. Allí estaba el hombre sentado en su interior. ¿Cómo se las ha arreglado para vivir tanto tiempo en la celda? Algunos murmuraban que debía de ser un ser divino. Otros llegaron a la conclusión de que, sin duda, ganaría la mano de la princesa devolviéndole la vida. Así discutieron, y tales discusiones llevaron a Gaṅgâdhara ante el rey.

El rey, no bien vio a Gaṅgâdhara, se echó a tierra. Quedó impresionado por la majestuosidad y grandeza de su persona. Sus diez años de prisión en la profunda celda subterránea habían dado a su cuerpo una especie de lustre que no se encontraba en las personas ordinarias. Había que cortarle el pelo para poder verle la cara. El rey le pidió perdón por la culpa cometida y le rogó que reviviera a su hija.

—Traedme en un *muhûrta* todos los cadáveres de hombres y ganado moribundos y muertos, que permanezcan sin quemar o incinerar dentro de los límites de tus dominios; los reviviré a todos.

Esas fueron las únicas palabras que pronunció Gaṅgâdhara. Tras ello, cerró los labios como en profunda meditación, lo que infundió más respeto en los allí presentes.

A cada minuto, llegaban carros cargados de cadáveres de hombres y ganado. Se dice que incluso se abrieron tumbas y se sacaron los cadáveres enterrados uno o dos días antes y se enviaron a la revivificación. En cuanto todos estuvieron allí dispuestos, Gaṅgâdhara tomó una vasija llena de agua y la roció sobre todos ellos, pensando en sus Nâgarâja y Vyâghrarâja. Todos se levantaron como si salieran de un profundo sueño, y se fueron a sus respectivas casas. También la princesa recobró la vida. La alegría del rey no tuvo límites. Maldijo el día en que lo encarceló, se recriminó a sí mismo haber creído en la palabra de un orfebre, y le ofreció la mano de su hija y todo el reino, en lugar de la mitad, como había prometido. Gaṅgâdhara no aceptó nada de todo eso. El rey le pidió que pusiera fin para siempre a aquellas calamidades. Él aceptó hacerlo, y pidió al rey que reuniera a todos sus súbditos en un bosque cercano a la ciudad.

—Allí convocaré a todos los tigres y serpientes, y les daré una orden general.

Así habló Gaṅgâdhara, y el rey, como es lógico, dio la orden. En un par de *ghatikas*, el bosque cercano a Ujjaini estuvo lleno de gente que se reunió para presenciar la autoridad del hombre sobre tales enemigos de los seres humanos, como son los tigres y las serpientes.

«No es un hombre; estad seguros de ello. ¿Cómo ha podido vivir diez años sin comer ni beber? Seguro que es un dios». De tal forma especulaba la muchedumbre.

Cuando todo el pueblo estaba ya reunido, justo al anochecer, Gaṅgâdhara se quedó en silencio por un momento y pensó en los Vyâghrarâja y Nâgarâja, que venían corriendo con todos sus ejércitos. La gente empezó a ponerse en pie, al ver a los tigres. Gaṅgâdhara les aseguró que estaban a salvo y los contuvo.

La luz gris del atardecer, el color calabaza de Gaṅgâdhara, las cenizas sagradas esparcidas copiosamente sobre su cuerpo, los tigres y las serpientes humillándose a sus pies prestaban a Gaṅgâdhara la verdadera majestad de un dios. Pues ¿quién sino él, con una sola palabra, podía comandar así sobre vastos ejércitos de tigres y serpientes?

«No es para tanto; puede ser por arte de magia. Eso no es gran cosa. El hecho de que haya revivido carros llenos de cadáveres lo convierte sin duda en Gaṅgâdhara», decían otros.

La escena causó un gran efecto en las mentes de la multitud.

—¿Por qué, hijos míos, molestáis así a estos pobres súbditos de Ujjaini? Respondedme, y desistid en adelante de causar estos estragos.

Así habló el hijo del Adivino, y la consiguiente respuesta se la dio el rey de los tigres:

—¿Por qué debería este vil rey encarcelar a vuestra excelencia, creyendo la simple palabra de un orfebre, al afirmar que vuestra excelencia mató a su padre? Todos los cazadores le dijeron que a su padre se lo había llevado un tigre. Yo era el mensajero de la muerte enviado para asestarle el golpe en el cuello. Yo lo hice y entregué la corona a vuestra excelencia. El príncipe no preguntó nada y encarceló a vuestra excelencia. ¿Cómo podemos esperar justicia de un rey tan estúpido? A menos que adopte una conducta de justicia mejor, continuaremos con nuestra destrucción.

El rey escuchó aquello, maldijo el día en que creyó en la palabra del orfebre, se golpeó la cabeza, se arrancó los cabellos, lloró y se lamentó por su crimen, pidió mil perdones y juró gobernar con justicia a partir de aquel día. La serpiente-rey y el tigre-rey prometieron también cumplir su juramento, mientras prevaleciera la justicia, y se despidieron. El orfebre huyó para salvar la vida. Fue capturado por los soldados del rey, y el magnánimo Gaṅgâdhara, cuya voluntad imperaba ahora como suprema, lo perdonó. Todos regresaron a sus hogares.

El rey volvió a insistir a Gaṅgâdhara para que aceptara la mano de su hija. Él accedió a hacerlo, no en ese momento, sino algún tiempo después. Deseaba ir primero a ver a su hermano mayor, para luego regresar y casarse con la princesa. El rey accedió, y Gaṅgâdhara abandonó la ciudad ese mismo día camino de su casa.

Sucedió que, sin darse cuenta, tomó un camino equivocado y tuvo que pasar cerca de una costa marítima. Su hermano mayor también se dirigía a Benarés por esa misma ruta. Se encontraron y se reconocieron, incluso a distancia. Volaron a los brazos uno del otro. Ambos permanecieron inmóviles durante un tiempo sin saber nada. La emoción del placer experimentado (*ânanda*) era tan grande, especialmente en Gaṅgâdhara, que resultó peligrosa para su vida. Dicho en pocas palabras, murió de alegría.

El dolor del hermano mayor podría imaginarse mejor que describirse. Volvía a ver a su hermano perdido, después de haber renunciado, por así decirlo, a toda esperanza de encontrarse con él. Ni siquiera le había preguntado por sus aventuras. Que le fuera arrebatado por la cruel mano de la muerte le parecía insoportable. Lloró y se lamentó, tomó el cadáver en su regazo, se sentó bajo un árbol y lo bañó en lágrimas. Pero no había esperanza de que su hermano muerto volviera a la vida. El hermano mayor era un devoto adorador de Ganapati. Ese día era viernes, un día muy sagrado para ese dios. El hermano mayor llevó el cadáver al templo de Ganêśa más cercano y lo invocó. El dios acudió y le preguntó qué quería.

—Mi pobre hermano ha muerto y se ha ido, y este es su cadáver. Por favor, custódialo hasta que termine la ceremonia en tu honor. Si lo dejo en cualquier otro lugar, los demonios podrían arrebatármelo cuando esté ausente, asistiendo a tu culto; tras terminar tu *pûjâ*, lo quemaré.

Así habló el hermano mayor y, tras confiar el cadáver al dios Ganêśa, fue a prepararse para el culto de esa deidad. Ganêśa hizo entrega del cadáver a sus *Ganas*, pidiéndoles que lo vigilasen con celo.

Así recibe un niño mimado una fruta de su padre, quien, al dársela, pide al niño que la guarde. El niño piensa para sus adentros: «Papá me disculpará si me como una porción».

En consecuencia, se come una porción, y como la encuentra tan dulce, se la come entera, diciéndose: «Pase lo que pase, ¿qué hará papá, después de todo, si me la como? Tal vez me dé uno o dos golpes en la espalda. Sin duda, me perdonará».

Del mismo modo, aquellos *Ganas* de Ganapati comieron primero una porción del cadáver, y al encontrarlo dulce, pues sabemos que estaba atiborrado de las golosinas que le habían entregado las solícitas ratas, lo devoraron entero, y estuvieron luego consultando acerca de ofrecer la mejor excusa posible a su amo.

El hermano mayor, tras terminar el *pûjâ*, reclamó al dios el cadáver de su hermano. El dios tripudo llamó a sus *Ganas*, que acudieron al llamado parpadeando y temiendo la cólera de su amo. El dios se enfureció en grado sumo. El hermano mayor estaba muy enfadado. Al ver que el cadáver no llegaba, comentó cortante:

—¿Es esta, a la postre, la recompensa que recibo por la profunda fe que te profeso? Ni siquiera eres capaz de devolverme el cadáver de mi hermano.

Ganêśa se sintió muy avergonzado por tal comentario, así como por el malestar que había causado a su adorador, así que por su poder divino le dio un Gaṅgâdhara vivo en lugar del cadáver muerto. De esa forma fue como volvió a la vida el segundo hijo del Adivino.

Los hermanos conversaron largamente sobre las aventuras de cada uno. Ambos fueron a Ujjaini, donde Gaṅgâdhara se casó con la princesa, y sucedió en el trono de aquel reino. Reinó durante mucho tiempo, confiriendo varios beneficios a su hermano. ¿Cómo interpretar entonces el horóscopo? Se celebró un sínodo especial de adivinos. Se sugirieron mil enmiendas. Gaṅgâdhara no las aceptó. Por fin un adivino cortó el nudo al reparar en una forma diferente de leer el vaticinio: «*Samudratîrê maranam kiñchit*». «En la orilla del mar la muerte por algún tiempo». Y luego «*Bhôgaṁ bhavishyati*». «Habrá felicidad para el interesado». Así fue como se interpretó el pasaje.

—Sí; las palabras de mi padre nunca erraron —afirmó Gaṅgâdhara.

Los tres reyes de las fieras continuaron con sus visitas a menudo al hijo del Adivino, ya entonces rey de Ujjaini. Incluso el orfebre infiel se convirtió en un visitante asiduo del palacio, y en receptor de diversas mercedes de manos del propio rey.

LA BODA DE LA RATA

Punjab

Había una vez una rata gorda y elegante que se vio sorprendida por un chaparrón y, hallándose lejos de un posible refugio, se puso manos a la obra y pronto cavó un buen agujero en el suelo, en el que se sentó tan seca como un hueso mientras las gotas de lluvia salpicaban fuera, creando pequeños charcos sobre la carretera.

Ocurrió que, mientras cavaba, se topó con un buen trozo de raíz, bastante seco y apto para servir de combustible, que puso a un lado cuidadosamente —pues la Rata es una criatura ahorrativa— para llevárselo a casa. Así que, cuando terminó el chaparrón, se puso en camino, con la raíz seca en la boca. Mientras avanzaba, abriéndose paso con cuidado a través de los charcos, vio a un pobre hombre que intentaba en vano encender un fuego, mientras un pequeño círculo de niños lloraba lastimeramente.

—¡Dios santo! —exclamó la Rata, que era a la vez blanda de corazón y curiosa—, ¡pero qué ruido tan espantoso! ¿Qué es lo que pasa?

—Los nenes tienen hambre —contestó el hombre—; están llorando porque quieren desayunar, pero los palos están húmedos y el fuego no prenderá, y así no puedo cocer los pasteles.

—Si ese es todo tu problema, quizás pueda ayudarte —dijo la Rata, que era de buen corazón—; toma en buena hora esta raíz seca, y te garantizo que pronto hará un buen fuego.

El pobre hombre, deshaciéndose en parabienes, tomó la raíz seca, y a su vez ofreció a la Rata una porción de la masa como recompensa por su amabilidad y generosidad.

—¡Qué suerte tengo! —pensó la Rata, mientras se alejaba trotando alegremente con su premio—. ¡Y además soy lista! Imagínate, hacer un trato como este: ¡comida suficiente como para que me dure cinco días a cambio de un viejo palo podrido! ¡Jua! ¡Jua! ¡Jua! ¡Lo que es tener buena cabeza!

Siguiendo su camino, encantada de su buena suerte, llegó al patio de un alfarero, donde este, dejando que su rueda girase libre, intentaba calmar a sus tres hijos pequeños, que gritaban y lloraban como si fueran a estallar.

—¡Dios mío! —gritó la Rata, alzando las orejas—, ¡qué ruido!... Dime qué es lo que pasa.

—Supongo que tienen hambre —respondió el alfarero con pesar—; su madre ha ido a buscar harina al bazar, porque no hay en casa. En tanto no vuelva, no puedo trabajar ni descansar por culpa de estos.

—¡De eso se trata! —contestó la diligente Rata—; en tal caso, puedo ayudarte. Toma esta masa, cuécela de inmediato, y ciérrales la boca con comida.

El alfarero abrumó a la Rata con agradecimientos por su solícita amabilidad, y escogiendo un hermoso puchero bien cocido, insistió en que lo aceptase como recuerdo.

La Rata estuvo encantada con el intercambio, y aunque el puchero le resultaba un poco incómodo de manejar, consiguió, con infinitos problemas, equilibrarlo sobre su cabeza, y se alejó cautelosamente, *pasito a pasito, pasito a pasito*, por el camino, con el rabo sobre el brazo por miedo a tropezarse con él. Y durante todo el tiempo se decía a sí misma:

—¡Qué suerte tengo, y qué lista soy! Qué buen tino tengo para los tratos.

No tardó en llegar a un lugar donde unos pastores cuidaban de su ganado. Uno de ellos estaba ordeñando un búfalo y, como no tenía cubo, utilizaba en su lugar los zapatos.

—¡Rayos! ¡Rayos! —gritó melindrosa la Rata, bastante conmocionada al presenciar aquello—. ¡Pero qué método tan sucio! ¿Por qué no usas un cubo?

—Por la mejor de las razones: ¡porque no tenemos ninguno! —gruñó el pastor, que no veía por qué la Rata debía meter las narices en sus asuntos.

—Si ese es todo el problema —replicó la delicada Rata—, ¡hazme el favor de usar este puchero, pues no soporto la suciedad!

El pastor, ni corto ni perezoso, tomó el puchero y ordeñó con ganas hasta que lo tuvo rebosante; luego, girándose hacia la Rata, que estaba ahí plantada, mirando, le dijo:

—Toma, pequeño amigo, echa un trago a modo de pago.

Pero la Rata, aunque bondadosa, también era astuta.

—No, no, amigo mío —le respondió—. ¡Eso no ha de ser así! Ni que pudiera beberme el valor de mi puchero de un trago. Señor mío, ¡nada de eso! Ocurre que yo jamás hago malos negocios, así que espero que al menos me entregues el búfalo que te dio la leche.

—¡Que tontería! —gritó el pastor—. ¡Un búfalo a cambio de un puchero! ¿Pero quién ha oído hablar de un precio semejante? ¿Y qué diablos podrías hacer tú con un búfalo cuando lo tuvieses? Un puchero es lo máximo que puedes manejar.

Ante tales palabras, la Rata se irguió con dignidad, pues no le gustaban las alusiones a su tamaño.

—Eso es asunto mío, no tuyo —replicó—; el tuyo es entregar el búfalo.

Así que, solo por diversión y para entretenerse a costa de la Rata, los pastores soltaron el ronzal del búfalo y empezaron a atarlo a la cola del animalillo.

—¡No! ¡No! —gritó ella, muy apurada—; si la bestia tirara, me arrancaría la piel de la cola, y entonces ¿qué sería de mí? Atádmela al cuello, por favor.

Así que, muertos de risa, los pastores ataron el ronzal alrededor del cuello de la Rata, y esta, después de una despedida cortés, partió alegremente hacia casa, con su premio; es decir, partió con la cuerda, porque pronto llegó tan lejos como el final de ese lazo que le habían hecho con una vuelta en redondo; el búfalo pastaba hocico abajo, y no se iba a mover hasta que hubiese acabado con su razón de hierba; y luego, al ver más alimento en otra dirección, allá que se marchó, en tanto que la Rata, para evitar ser arrastrada, se vio obligada a trotar humildemente detrás de él, de un lado a otro.

Era demasiado orgullosa como para admitir la verdad, por supuesto, así que, asintiendo con la cabeza en dirección a los pastores, dijo:

—¡Ey, buena gente! Me voy a casa por aquí. Puede que sea un camino un poco más largo, pero va mucho más por la sombra.

Y aunque los pastores se reían a carcajadas, no se daba por aludida, sino que seguía trotando con la mayor dignidad posible.

—Después de todo —razonaba para sus adentros—, cuando uno tiene un búfalo, tiene que ocuparse de darle de pastar. Una bestia debe tener la barriga bien llena de hierba si quiere dar leche, y yo dispongo de mucho tiempo.

Así que durante todo el día trotó tras el búfalo, engañándose a sí misma; pero al atardecer estaba ya muerta de cansancio y se sintió de veras agradecida cuando la gran bestia, habiendo comido lo suficiente, se tumbó bajo un árbol a rumiar.

En aquel momento, se presentó una comitiva nupcial. El novio y sus amigos, obviamente, se habían marchado a la siguiente aldea, dejando el palanquín de la novia a su suerte, así que los portadores de este último, perezosos y viendo un bonito árbol a la sombra, dejaron su carga y se pusieron a cocinar.

—¡Qué detestable mezquindad! —refunfuñaba uno—. ¡Una boda por todo lo alto, y nada más que un simple potaje de arroz para comer! Ni una pizca de carne, ni dulces ni sal. Les estaría bien empleado a estos tacaños si arrojáramos a la novia a una zanja.

—¡Caramba! —gritó la Rata de inmediato, viendo una salida a su dificultad—, ¡eso es una vergüenza! Estoy tan de acuerdo contigo que, si me lo permites, te daré mi búfalo. Puedes matarlo y cocinarlo.

—¡Tu búfalo! —respondieron los descontentos portadores—, ¡qué tontería! ¿Quién ha oído hablar de una rata dueña de un búfalo?

—No es algo frecuente, lo admito —contestó la Rata, bien pagada de sí misma—, pero comprobadlo por vosotros mismos. ¿No veis que llevo a la bestia de las riendas?

—¡Oh, al diablo las riendas! —gritó un portador grandote y hambriento—; seas su dueña o no, ¡quiero tener carne para cenar!

Sin dilación, mataron al búfalo y, tras cocinar su carne, engulleron su cena con fruición; luego, ofreciendo los restos a la Rata, dijeron despreocupadamente:

—¡Toma, ratilla, esto es para ti!

—¡Anda, mira tú! —gritó acalorada la rata—. Guardaos vuestro potaje, y también vuestra salsa. ¿No supondréis que voy a entregaros mi mejor búfalo, que dio litros y litros de leche; el mismo búfalo que he estado alimentando todo el día, a cambio de un poquito de arroz? No: cambié un pan por un poco de arroz, luego un caldero por algo de pan, después un búfalo por un caldero, y ahora tendré a la novia a cambio de mi búfalo. La novia y ninguna otra cosa.

Para entonces, los criados, después de saciar su hambre, empezaban a reflexionar sobre lo que habían hecho y, alarmados por las posibles consecuencias, llegaron a la conclusión de que lo más prudente sería escapar mientras pudieran. Así que, dejando a la novia en su palanquín, emprendieron la huida en varias direcciones.

La Rata, quedando dueña de la situación, avanzó hacia el palanquín, y descorriendo la cortina, con la más dulce de las voces y la mejor de las reverencias rogó a la novia que descendiera. Ella apenas sabía si reír o llorar, pero como cualquier compañía, incluso la de una Rata, era mejor que estar completamente sola en despoblado, hizo lo que se le pedía, y siguió las indicaciones de su guía, que partió tan rápido como pudo hacia su madriguera.

Mientras trotaba junto a la joven y encantadora novia, que por su rico vestido y sus relucientes joyas parecía la hija de algún rey, no dejaba de repetirse:

—¡Qué lista que soy! Qué negocios hago, sin duda.

Cuando llegaron a su madriguera, la Rata se adelantó con la mayor de las cortesías y dijo:

—¡Bienvenida, señora, a mi humilde morada! Te ruego que entres, o si me lo permites, y como el pasadizo está algo oscuro, te mostraré el camino.

Entonces corrió ella por delante, pero al cabo de un rato, al ver que la novia no la seguía, volvió a asomar la nariz, diciendo en tono amenazador:

—Bueno, señora, ¿por qué no me sigues? ¿No sabes que es de mala educación hacer esperar a tu marido?

—Mi buen señor —rio la joven y guapa novia—, ¡no puedo meterme en ese agujerito!

La Rata tosió; luego, tras pensárselo un momento, contestó:

—Hay algo de verdad en tu observación: *eres* demasiado grande, y supongo que tendré que construirte un cobijo en alguna parte. Por esta noche, puedes descansar bajo ese ciruelo silvestre.

—¡Pero tengo tanta hambre! —exclamó la novia con pesar.

—¡Ay, querida! ¡Todo el mundo parece estar hambriento hoy! —repuso la Rata, exasperada—. Sin embargo, eso se arregla con facilidad, porque te traeré algo de cenar en un santiamén.

Así que corrió a su agujero, para regresar de inmediato con una espiga de mijo y un guisante seco.

—¡Ya está! —dijo triunfante—, ¿no es una buena comida?

—¡No puedo comer eso! —gimoteó la novia—. No da ni para un bocado; y quiero potaje de arroz, y pasteles, y huevos dulces, y caramelos de azúcar. Si no me los das, me muero.

—¡Caramba! —gritó furiosa la Rata—, ¡menudo fastidio es una novia, sin duda! ¿Por qué no te comes las ciruelas silvestres?

—¡No puedo vivir de ciruelas silvestres! —replicó llorosa la novia—. Nadie podría hacerlo, y además, solo están a medio madurar, y no puedo alcanzarlas.

¡Tonterías! —gritó la Rata—. Maduras o no, tendrán que servirte para esta noche, y mañana puedes juntar una canasta entera, venderlas en la ciudad, y comprar caramelos y huevos dulces hasta que te hartes.

A la mañana siguiente, la Rata trepó al ciruelo y mordisqueó los tallos hasta que los frutos cayeron sobre el velo de la novia. Después, inmaduras como estaban, la novia las llevó a la ciudad, gritando por las calles:

—¡Ciruelas verdes vendo! ¡Vendo ciruelas verdes! ¡Princesa soy, novia de Rata también!

Al pasar por delante del palacio, su madre, la Reina, oyó su voz y, al salir corriendo, reconoció a su hija. Grande fue el júbilo, pues todos pensaban que la pobre novia había sido devorada por las fieras. En medio de la fiesta y la algarabía, la Rata, que había seguido a la Princesa a distancia y se había alarmado ante su larga ausencia, llegó a la puerta, contra la que golpeó con un gran palo nudoso, gritando con furia:

—¡Dame a mi esposa, dame a mi esposa! Es mía por un trato justo. Entregué un palo y conseguí un pan; di un pan y conseguí un puchero; entregué un puchero y conseguí un búfalo; di un búfalo y conseguí una novia. ¡Dame a mi esposa! ¡Dame a mi esposa!

¡Eh, yerno! ¡Pero qué alboroto armas! —contestó la astuta y vieja Reina a través de la puerta—, ¡y todo por nada! ¿Quién quiere huir con tu mujer? Al contrario, estamos orgullosos de verte, y solo te hago esperar en la puerta hasta que podamos extender las alfombras y recibirte como mereces.

Al oír aquello, la Rata se apaciguó, y esperó con paciencia en el exterior, mientras la astuta y vieja Reina se preparaba para darle una recepción, lo que dispuso haciendo un agujero en el centro mismo de un taburete, poniendo una piedra al rojo vivo debajo, cubriéndolo con una tapa de cacerola, y extendiendo luego un hermoso bordado sobre todo aquello. Luego se dirigió a la puerta, y recibiendo a la Rata con el mayor respeto, la condujo al taburete, rogándole que se sentara.

—¡Amigo! ¡Ay, amigo! ¡Qué listo que soy! ¡Qué negocios hago, no cabe duda! —se dijo mientras se subía al taburete—. ¡Aquí estoy, yerno de una reina de carne y hueso! ¿Qué dirán los vecinos?

Al principio se sentó en el borde del taburete, pero incluso allí hacía calor, y al cabo de un rato empezó a inquietarse, diciendo:

—¡Caramba, suegra, qué calor hace en tu casa! Todo lo que toco parece arder.

—Ahí donde estás, no te da el aire, hijo mío —replicó la astuta y vieja Reina—. Siéntate más en el centro del taburete, y así sentirás la brisa y estarás más fresco.

Pero no ocurrió tal cosa, porque la tapa de la cacerola se había calentado tanto que la Rata se encrespó apenas se sentó sobre ella; y no consiguió escapar sino perdiendo toda su cola, la mitad del pelaje y una gran porción de piel. Lo hizo aullando de dolor y jurándose que ¡jamás, jamás, jamás volvería a hacer un negocio!

GHOLÂM BADSHAH
Y SU HIJO GHOOL

❧ ⋯❀⋯ ❧

Punjab

Habíase una vez un rey llamado Gholâm, con un hijo único llamado Ghool. Desde sus primeros años, este joven príncipe se dedicó con pasión a los placeres del campo, y un tiempo después, una vez llegado a la edad adulta, pasaba todo su tiempo cazando. El rey, su padre, no podía presenciar tal estado de cosas sin preocuparse, y un día convocó a sus ministros y les dijo:

—Es hora de que mi hijo se case. Escogedle una esposa y hagamos que siente la cabeza.

Los ministros, sin embargo, eligieron en vano. El príncipe continuó cazando, y aunque el rey le reprendía cada tarde, a su regreso de la caza, todas sus protestas fueron desoídas.

—Si no te casas —le decía el rey—, todo el mundo dirá que es porque nadie te quiere, y tu reputación sufrirá en consecuencia.

—Pero no quiero casarme —respondía invariablemente el príncipe, y así había de quedar el asunto hasta el día siguiente.

Una noche de calor, el joven príncipe, cansado de cazar, volvía a casa cuando se detuvo a descansar junto a un pozo.

—Déjame beber de tu vasija —dijo a una de las muchachas que estaban sacando agua.

—¡Oh! —respondió con socarronería la joven—. ¡Tú eres el príncipe con el que nadie se casará!

El príncipe Ghool se enfadó tanto al oír tal discurso, que se negó a aceptar el agua que le ofrecían, y levantándose, se alejó.

«Cuando llegue a casa», se dijo, «anunciaré mi intención de casarme, pero mi esposa será esa muchacha que se burló de mí».

Al encontrarse con una anciana, le preguntó:

—¿De quién es hija esa muchacha?

—Es la hija de Alim, el herrero —respondió la mujer.

«Ya sea hija de un herrero o de un rey», pensó él, «es ella con quien me casaré».

Aquella noche, su padre volvió a sacarle el tema del matrimonio, y se enteró con alegría de que su hijo estaba dispuesto a seguir su consejo y casarse. Entonces convocó de nuevo a sus ministros y les pidió que organizaran el matrimonio y eligieran a una dama adecuada. Los ministros respondieron:

—Nombra al rey con cuya casa deseas una alianza, y partiremos inmediatamente hacia su corte, y el príncipe traerá a la novia a casa.

Pero el príncipe respondió:

—No, no es necesario que busques en el extranjero. Ya he hecho mi elección. Me casaré con Alim, la hija del herrero.

Entonces, el viejo rey se colmó de ira.

—¿Qué? —gritó—. ¿Es que mi noble estirpe ha de emparejarse con gente de bajo rango?

Pero los ministros le respondieron con astucia:

—¿Qué daño puede hacer algo así? No es más que la fantasía de un joven. Que se quede con la chica, y mientras tanto le buscaremos otra dama digna de su alcurnia.

El rey consintió en la boda y ordenó a sus ministros que casaran a la hija del herrero con el príncipe Ghool. Cuando fueron a la casa de aquel, el pobre hombre levantó las manos consternado y exclamó:

—¿Por qué pide el rey en un lugar donde puede ordenar? Pero en verdad, ya que pregunta por ella, de ningún modo estoy dispuesto a separarme de ella.

Comunicaron tal respuesta al rey, que no admitió ninguna negativa al respecto y ordenó que el herrero entregase a su hija en el plazo de dos meses. Pero la propia hija, que no se sentía preparada para semejante destino, imploró a su padre que pidiera al rey que le concediera la libertad durante un año. La petición se admitió y el rey, por último, accedió a que la muchacha disfrutara de su libertad durante un año más.

—¡Ay, no soy más que la hija de un pobre herrero! —se lamentaba ella—. ¿Qué haré para que la gente me respete cuando sea la esposa del príncipe? A ver si soy capaz de poner a prueba la sabiduría de los propios consejeros del rey.

Dirigiéndose a su padre, dijo:

—Las sandías de nuestro pequeño jardín aún son pequeñas. Haré unas vasijas grandes sin cocer, las pintaré y esmaltaré, pondré una sandía en cada una y, cuando la fruta haya crecido, retaré a los ministros del rey a que saquen la fruta sin romper las vasijas. Y entonces veremos si los reyes y sus ministros son mejores o más sabios que la gente pobre.

La muchacha hizo lo que se proponía y, tras fabricar las vasijas de barro sin cocer, las pintó y colocó en cada una de ellas una sandía en desarrollo. Cuando las sandías crecieron tanto que llenaron el hueco interior, envió dos de las vasijas con las sandías al rey, y escribió una carta pidiendo que se ordenara a los ministros sacar las sandías sin romper las vasijas. El rey leyó la carta a sus ministros y les ordenó que hicieran gala de su sabiduría. Pero los ministros lo intentaron en vano. Durante dos o tres días palparon las sandías a través de los estrechos cuellos de las vasijas, y examinaron estas cuidadosamente, pero no tuvieron la sensatez de darse cuenta de que las vasijas estaban formadas por arcilla sin cocer, lo que habrían podido descubrir fácilmente de haberlas sondado. Al fin, el rey devolvió los tarros a la hija del herrero diciendo: «No hay gente tan sabia como para esto en todo mi reino».

La muchacha se alegró sobremanera al recibir esta noticia y, cuando hubo tomado las vasijas en sus manos, dijo:

—Ahora empiezo a comprender lo que son los cortesanos de los reyes, y lo que son también los reyes.

Se dirigió a palacio, pidió permiso para entrar y, cuando estuvo en presencia del rey, cogió un paño húmedo y envolvió con él las vasijas hasta que la arcilla se ablandó por completo. Luego estiró los cuellos y sacó las sandías, tras lo cual devolvió las vasijas a su forma anterior. Entregándoselas a los avergonzados ministros, dijo:

—A un hombre se lo conoce por sus palabras, y a una vasija por su sonido. Como al hacer sonar una vasija de arcilla se descubre su verdadera naturaleza, así os he hecho sonar a vosotros, y os encuentro faltos de sentido, y por tanto, cuando se cumpla el año establecido, las órdenes del rey serán obedecidas.

Cuando el período de prueba estaba a punto de terminar, el herrero escribió al rey una petición rogándole que, como sus medios eran escasos, los huéspedes que se hospedaran en su casa fueran pocos. El rey respondió:

—Asistirán cuatrocientos cortesanos, y de todos ellos me haré yo responsable por completo.

Y le envió una suma de dinero.

Al fin, llegó el día y se reunieron los invitados, pero el herrero, viendo que la suma era insuficiente, dijo: «Aquí hay mucha gente», y se dirigió a cierto noble y le expuso su dificultad. El noble le aconsejó que guardara el dinero como dote para su hija, y que se lo enviara junto con ella al rey, y él mismo, por su parte, habló con el grupo de la corte, que prometió su ayuda para entretener al resto de los invitados, de manera que la fiesta transcurrió muy bien.

Cuando todo hubo terminado, y el príncipe y la muchacha se unieron en matrimonio, la comitiva del rey regresó a palacio, y la novia y su dote fueron llevadas a casa, y a ella la alojaron en los aposentos que le habían reservado.

Cuando habían pasado dos o tres días, el príncipe Ghool se levantó temprano una mañana y, cogiendo un látigo, azotó sin piedad a su nueva esposa.

—Esto te lo debía —dijo— por la mofa que hiciste de mí donde el pozo.

La muchacha soportó la paliza en sorprendido silencio. Cada dos o tres días se repetía la misma escena: el príncipe, con sus propias manos, desnudaba los hombros de su infeliz esposa y la maltrataba.

Una mañana, cuando él se levantó como de costumbre para pegarle, ella le dijo:

—¿Qué gloria ganas pegando a la hija de un pobre trabajador? Si eres un hombre, vete a casarte con la hija de un rey. Gánatela, si puedes, y golpéala, si te atreves: pero yo no soy más que la hija de un herrero.

Al oír aquel escarnio, el príncipe se indignó tanto, que dejó caer el látigo y juró no volver a entrar en la casa hasta haberse casado con la hija de un rey.

Había cierta princesa, hija de un rey vecino, cuya belleza era célebre con justicia, aunque se decía que era muda, y fue con ella con quien el príncipe decidió casarse. Eligió, pues, a un esclavo de confianza y su mejor caballo y, cargando varias mulas con joyas y regalos de inestimable valor, partió una mañana hacia la corte del rey que era padre de la princesa. Jornada tras jornada, recorrió el camino hasta llegar por fin al reino, pero como recompensa a sus indagaciones, todo lo que pudo saber gracias a los lugareños fue que la princesa no podía hablar, y que todo príncipe que se presentaba ante ella como pretendiente tenía que aceptar el jugar al ajedrez contra ella, y que los castigos que ella infligía a su presunción, cuando el otro perdía la partida, eran de lo más severos. Sin embargo, el príncipe Ghool tenía tanta fatua confianza en sus propias fuerzas, que sin amilanarse envió a su esclavo a anunciar su llegada a la princesa y a pedirle el honor de que le entregase su mano.

—Es necesario —respondió la princesa— que tu amo entienda las condiciones. Debe probar su destreza conmigo en tres partidas de ajedrez. Si pierde la primera, perderá su caballo; si pierde la segunda, su cabeza quedará a mi merced; y si pierde la tercera, tendré derecho, si así lo decido, a convertirlo en mi mozo de cuadras.

El príncipe aceptó de inmediato la propuesta, y aquel acontecimiento se dio a conocer en la ciudad mediante el retumbar de un gran tambor.

—¡Ah! —se dijo la gente al oír aquel familiar sonido—, ¡otro príncipe imbuido de «ciega sabiduría» ha venido a jugar con la princesa, y perderá, como todos los demás han perdido antes que él!

Cuando el príncipe llegó al palacio, fue admitido en él, y allí encontró a la princesa sentada sobre una rica alfombra, mientras el tablero de ajedrez reposaba sobre la alfombra, delante de ella. Perdió la primera partida, la segunda y la tercera.

—Vete, presuntuoso pretendiente —gritó ella—, y ocupa tu lugar con tus predecesores; ¡solo sirves para cuidar mis caballos!

Así que sacaron al desafortunado aspirante a su mano y lo pusieron a cuidar uno de sus caballos.

Había transcurrido ya algún tiempo cuando la hija del herrero empezó a preocuparse por la ausencia de su señor y decidió seguirlo para conocer su destino. Así que se disfrazó de joven noble, y bien guapa se la veía con su nuevo atuendo cuando montaba su hermoso corcel. Después de recorrer muchos kilómetros, llegó a un río ancho y profundo y, mientras esperaba en la orilla al transbordador, observó que la corriente arrastraba una rata.

—¡Por el amor de Dios! —gritaba la rata, ahogándose—, ¡sálvame! Ayúdame y yo te ayudaré.

La hija del herrero se dijo para sus adentros: «Ninguna rata podría ayudarme, pero yo te salvaré»; y bajó la punta de su lanza al agua, de forma que la rata, agarrándola, trepó hasta ella y se salvó. Tomando en sus manos a la empapada criatura, la puso a salvo en la parte delantera de su montura.

—¿Adónde te diriges? —le preguntó la rata.

—Voy al reino de la princesa muda —respondió ella.

—¿Para qué vas allí? —dijo la rata—. ¿Qué vas a sacar de ello? La princesa posee un gato mágico, y sobre la cabeza del gato mágico hay una luz mágica que lo hace invisible, y le permite mezclar todas las piezas de ajedrez sin ser percibido, de modo que los pretendientes de la princesa pierden invariablemente la partida y resultan derrotados.

Al oír esto, la hija del herrero empezó a acariciar una y otra vez a la rata, y a decirle:

—Ayúdame, porque yo también quiero probar fortuna con la princesa.

Al mismo tiempo, tenía la sensación de que su esposo había probado fortuna y perdido.

Entonces, la rata la miró y dijo:

—Tus manos y tus pies son los de una mujer, aunque tu vestido es el de un hombre. Antes de nada, dime la verdad, ¿eres realmente un hombre o es que estoy perdiendo la chaveta?

Así que ella empezó a contar a la criatura toda su historia, de principio a fin, y cómo había partido en busca de su marido, el príncipe Ghool.

—Y ahora —dijo ella—, quiero tu ayuda para conseguir la libertad de mi marido y devolverle su rango y posición.

Esta era una rata que nunca olvidaba una atención, antes al contrario, siempre se esforzaba por devolver diez veces lo que le había dado un benefactor.

—Debes llevarme contigo —le dijo—, escondida entre tus ropas, y si sigues mis consejos, vencerás a la princesa y alcanzarás todo cuanto deseas.

Y la rata la instruyó entonces en los medios de lograr una victoria, y así, al fin, enfrascadas en grata conversación, se llegaron hasta la capital y allí descansaron.

Al día siguiente, cuando la hija del herrero fue admitida en el salón de recepciones de la princesa, comenzó por solicitar poder cambiar de lugar con esta última en el tablero de ajedrez; y como su petición le fue concedida, se aseguró el estar en el lado por el que el gato mágico entraba invariablemente en la habitación. Comenzó entonces la partida, pero pronto se dio cuenta de que el tablero se estaba embrollando y que, poco a poco, perdía terreno. Al ver esto, sacó a la rata, sosteniéndola firmemente en la mano. De inmediato, sintió el roce de una ráfaga súbita, como el paso de algún animal, que en realidad era el propio gato, que había entrado en ese momento y que, en su afán por abalanzarse sobre la rata, se había olvidado por completo del juego y de los intereses de su ama.

La hija del herrero, aunque no podía ver al gato, lo golpeó con la mano, y la luz mágica cayó al suelo. El pobre animal resultó ahora perfectamente visible y, asustado por aquel golpe que no esperaba, salió corriendo, con los pelos erizados, de la habitación.

Cuando la princesa se percató de lo que había ocurrido, tembló y se desanimó, de modo que resultó derrotada con facilidad, no solo en la primera partida, sino también en las siguientes.

En ese momento se oyó el sonido del gran tambor reverberando por toda la ciudad, y los habitantes supieron, por tal señal, el resultado del juego.

Ahora bien, había una condición más en la cuestión del cortejo de esta princesa, y ella tenía el privilegio de reclamar que se cumpliera tal condición antes de que la obligasen a entregar su mano. Tal condición era que su pretendiente debía convencerla de que hablara tres veces antes de la salida del sol; y se ordenó, por decreto, que cada vez que hablara, un esclavo asistente hiciera sonar el gran tambor, para información de todos los súbditos del rey.

—Ya ves —dijo la rata a la hija del herrero— que la ayuda que te he prestado no ha sido en vano. Y ahora veamos si podemos hacer hablar a esta obstinada princesa.

Vuestros dormitorios no estarán divididos ni siquiera por una cortina. Mantenme con vosotras, y cuando estéis las dos en la cama, suéltame, y me subiré a la cama de la princesa, y tú debes engatusarla para que hable.

Una vez que se hubieron retirado y acostado cada una en su lado de la estancia, la hija del herrero, con voz fingida, comenzó:

—Encantadora princesa, luz y gloria de mis ojos, ¿no me hablarás?

La princesa no dijo ni una palabra. Pero la rata, que estaba sentada junto a una de las patas de su cama, imitando la voz de la princesa, exclamó con la mayor ternura:

—¡Querido príncipe, dulce príncipe, si así me lo ruegas, podría seguir hablando eternamente!

Al oír esta extraordinaria declaración, la princesa pensó para sus adentros: «Este príncipe es tan maestro de la magia que hace que la misma pata de mi cama imite mi voz y responda por mí». Así que, temblando de rabia, gritó a la madera inanimada:

—Mañana por la mañana, te cortarán y quemarán en el fuego por deshonrar a tu dueña.

En el instante en que pronunció estas palabras, el esclavo asistente corrió a la torre y tocó el tambor, y todo el pueblo lo oyó y se maravilló. Al mismo tiempo, la hija del herrero gritó alegremente:

—¡Salam aleikum, a la pata de la cama de mi encantador!

A lo que la rata oculta respondió:

—¡A ti también, mi rey, Aleikum salam!

Al cabo de uno o dos minutos, la hija del herrero, dirigiéndose de nuevo a la enojada princesa, dijo en tono persuasivo:

—Como tengo que alojarme bajo tu techo esta noche, oh, dulce princesa, te ruego que me cuentes un cuento para que pueda dormirme.

La rata, habiéndose desplazado a otra pata de la cama, contestó de inmediato:

—¿Quieres que te cuente lo que he visto con mis propios ojos, o simplemente algo que me ha sucedido?

—La que sea mejor historia —respondió la hija del herrero—, que me gustará tanto lo que has visto como lo que te ha ocurrido.

—Muy bien —contestó la rata—, te contaré entonces algo que yo misma he visto, oído y conocido:

En cierta ciudad vivía un bandolero que solía robar en grandes cantidades. En cierta ocasión, para poder seguir con sus tretas, abandonó su país y se marchó a otro, dejando atrás a su mujer. Durante su ausencia, la mujer recibió la visita de otro ladrón: ahora escúchame bien y no te duermas. Este ladrón llegó y la engañó de tal manera que ella lo tomó por su marido y lo admitió en su casa, pues su verdadero esposo hacía mucho tiempo que se había marchado. Al cabo del tiempo, regresó el bandolero y, encontrando al ladrón establecido en su casa, se asombró, diciéndose: «¿Habrá venido algún pariente a ver a mi mujer?». Sin embargo, cuando saludó y entró por la puerta, el ladrón le espetó bruscamente:

—Señor, ¿quién eres tú?

—Esta casa es mía —respondió el bandolero—; mi mujer vive aquí.

—No —dijo el ladrón—, la mujer no es tu esposa, sino la mía. Debes de ser un mal tipo, y mandaré llamar inmediatamente a la policía para que te dé una buena paliza.

El bandolero se quedó estupefacto.

—Esposa —dijo—, ¿es que no me conoces? Soy tu marido.

—Tonterías, hombre —replicó la mujer—, este es mi marido. No te había visto nunca.

—¡Menudo enredo! —gritó el bandolero, y se fue a dormir a otra parte.

Por la mañana todos los vecinos se reunieron y dieron la bienvenida al bandolero, y a la esposa le dijeron:

—Te has equivocado no poco; este es tu verdadero marido y no el otro.

Se desató una buena pelea entre los dos rivales y acabaron delante del juez, y allí la mujer zanjó la cuestión diciendo:

—Soy la esposa de quien me traiga más dinero a casa.

Entonces el ladrón dijo al bandolero:

—¿Quién y qué eres tú?

—Soy un bandolero —respondió él—. Y ¿quién eres tú?

—Soy un ladrón —repuso el otro.

El ladrón, que de ningún modo renunciaba a la mujer, añadió:

—Escúchame. Pongamos a prueba nuestra habilidad. Primero, muéstrame lo que sabes hacer o, si te place, empezaré yo. Soy un ladrón y un tramposo. Si puedes hacer más mediante el asalto que yo a través del engaño, la mujer será tuya; pero si no, será mía.

El ladrón alquiló entonces ropas finas, subió a un palanquín y, dirigiéndose a una ciudad, se hizo pasar por un rico comerciante. Mientras deambulaba por las calles, se detuvo a la puerta de un joyero, que se consideró tan honrado por la visita de alguien cuya gran fama lo había precedido, que se levantó y le hizo una humilde reverencia.

El pretendido mercader, con aire señorial, preguntó entonces:

—¿Tienes perlas a la venta?

—Sí —respondió el joyero.

—Déjame ver las mejores que tengas —le dijo el ladrón.

El joyero sacó sin tardanza un hermoso cofre, que el ladrón abrió, y encontró en su interior varias sartas de perlas, que se dispuso a examinar. Después de un lapso de tiempo, le devolvió el cofre, diciendo:

—Estas no son las que necesito. Quiero perlas de mejor calidad que estas. ¿No tienes más?

El joyero sacó entonces otros tres o cuatro cofres, uno de los cuales abrió el ladrón, y mientras fingía examinar el valor de los contenidos, cortó con habilidad dos sartas de perlas y, sin que el dueño lo viera, las escondió en su manga. Luego dijo:

—¿Cuántas cajas de perlas de este tipo posees?

—En total tengo siete —respondió el joyero.

—Volverás a saber de mí —replicó el ladrón.

Y levantándose, se dirigió enseguida al rey, que estaba en su corte, y le presentó sus respetos.

—Bien, mercader —dijo el rey—, ¿cómo te ha ido desde que llegaste a mi capital?

—Oh, rey —respondió el ladrón—, me han robado siete cajas de perlas del mayor valor y, según la información que he recibido, están en manos de cierto joyero.

Inmediatamente, el rey puso al ladrón bajo custodia y ordenó que se cerrara sin dilación la joyería y se detuviera al desgraciado propietario. Al llegar a la tienda, el ladrón señaló la caja de la que él mismo había robado las perlas, y dijo a la guardia:

—Todos mis cofres eran como ese.

Los soldados llevaron el cofre y al joyero ante el rey, a quien el ladrón dijo:

—Rey, este cofre es mío.

Pero el joyero protestó:

—No, alteza, este cofre no es suyo, sino mío.

—Si es tuyo —replicó el ladrón—, dile al rey cuántas sartas de perlas contiene.

—Contiene cien —dijo sin titubear el joyero.

—No, no —le desdijo el ladrón—, no hay cien, sino noventa y ocho.

—Que se recuenten las sartas —ordenó el rey.

Tal orden fue, pues, obedecida, y se comprobó, para satisfacción del tribunal, que el ladrón había dicho la verdad.

—Me han robado todos mis cofres de perlas —dijo el ladrón— y ahora los tiene ilegalmente este joyero. Si este cofre no hubiera sido mío, ¿cómo habría podido saber el número de sartas que contiene?

—Cierto —dijo el rey—, el cofre es evidentemente tuyo.

Y ordenó que le entregaran también los demás cofres, en tanto que el joyero fue azotado con varas y metido en la cárcel.

El bandolero, que había presenciado el despliegue de tanta astucia por parte del ladrón, estaba asombrado, y no sabía idear cómo sobrepasar tan incomparable descaro. Así que se unió a él y ambos granujas fueron a casa de la mujer, a contarle lo sucedido.

—Ahora —gritó la rata—, has de saber que aquel padre de la sabiduría, el que entregó aquellas perlas a un vulgar estafador y tramposo, es también el padre de esta adorable princesa. Eso es lo que vi y lo que oí, y así os lo he contado.

La princesa se enfureció tanto al oír estas últimas palabras que, sin poder contenerse, gritó a la pata de la cama:

—¡Cuando llegue la mañana, tú también serás cortada y arrojada al fuego con tu mentirosa hermana!

Apenas hubo hablado, cuando se oyó resonar por segunda vez el gran tambor, y todo el pueblo lo notó.

—Salaam Alaikim —gritó riendo la hija del herrero.

—Alaikim salaam —respondió la rata.

Transcurrió algún tiempo hasta que la hija del herrero volvió a romper el silencio.

—Encantadora criatura y encantadora princesa —dijo—, me has deleitado con una excelente historia. Pero la noche es larga y tediosa. Te ruego que me cuentes otra.

La rata, que había trasladado su posición a la tercera pata de la cama, respondió:

—Bien, entonces te contaré lo que vi con mis ojos y oí con mis oídos. Mi historia anterior tenía que ver con el ladrón. Ahora escucharás la aventura del bandolero.

Al día siguiente, el bandolero dijo al ladrón:

—Ahora me toca a mí. Es necesario, sin embargo, que prometas no abrir la boca para decir una sola palabra, ya que yo guardé estricto silencio contigo. De lo contrario, perderás el premio.

A esta condición accedió el ladrón, y ambos se pusieron de nuevo en camino hacia la misma ciudad. Durante algún tiempo, el bandolero se devanó los sesos inútilmente en busca de alguna estratagema con la que superar al ladrón. «Debo urdir algún plan», pensó, «para que encarcelen al ladrón y me entreguen sus ganancias». Indagando, se enteró de que el rey tenía la costumbre de dormir en el tejado de su palacio, que estaba construido en un lugar agradable a la orilla del río. Dijo al ladrón:

—Por descontado, debes atenderme como yo te atendí a ti, y ser testigo silencioso de mi actuación.

Llevando consigo unas piquetas de hierro, el bandolero se dirigió al palacio y, fijando una tras otra las piquetas en las juntas de la mampostería, consiguió trepar hasta el tejado. Cuando llegó arriba, se dio cuenta de que el rey dormía y de que estaba atendido por un único guardia que se paseaba arriba y abajo. Aprovechando la ocasión, mató al guardia y arrojó su cuerpo al río. Luego, cogiendo el mosquete, asumió las funciones del centinela y empezó a pasearse de un lado a otro, mientras el ladrón se sentaba a cierta distancia y miraba.

Al poco rato, el rey se removió y gritó:

—¡Centinela!

—Aquí estoy, señor —respondió el bandolero.

—Acércate a mí —dijo el rey— y siéntate, y cuéntame una historia, para que mi alma se regocije.

Entonces, el bandolero se acercó al monarca y, sentándose como se le indicaba, le contó la historia del joyero, el ladrón y las perlas. A medida que avanzaba el relato, el ladrón comenzó a temblar de miedo y le hizo repetidas señas para que cambiara de tema o, al menos, para que no diera a conocer su nombre ni lo traicionase; pero el bandolero hizo como que no se daba cuenta y continuó con su historia. De repente, hizo un quiebro en el relato y empezó a contar al rey su propia historia, y cómo había escalado hasta el tejado del palacio con unas picas de hierro y dado muerte a su guardián.

—¡Santo cielo! —gritó el rey, mirando a su alrededor consternado—. ¿Quién eres? Dímelo ahora mismo.

—Señor —respondió el bandolero—, no te alarmes, yo soy el bandolero.

—¿Y dónde está mi centinela? —preguntó el perplejo monarca.

—Acabo de arrojar su cuerpo sin vida al río —repuso el ladrón.

El rey se alarmó mucho.

«Y sin embargo», pensó, «este canalla también podría haberme apuñalado y hecho conmigo lo mismo, y no lo hizo. Así que debe de ser un buen tipo». Tal reflexión llevó alivio a la mente del rey.

—Acércate a mí —dijo en voz alta.

—Pero —replicó el bandolero— le estaba contando a su majestad la historia de un ladrón. Esta persona que ahora está detrás de vos es el ladrón en cuestión, y el joyero es inocente de todo delito.

Y diciendo tales palabras, llevó al ladrón hacia delante, cogido de la oreja.

Al amanecer, aparecieron algunos asistentes, detuvieron al ladrón y, a su debido momento, liberaron al joyero. Entonces el rey, sentado en su tribunal, ordenó que las perlas se repartieran a partes iguales entre el bandolero y el joyero, y que fusilasen al ladrón. Tras esto, el bandolero regresó alegremente a casa de su esposa y tomó posesión de su vivienda.

—Y ahora —continuó la rata—, todo lo que tengo que añadir es que el padre de la sabiduría que recompensa a los bandoleros con la propiedad de otras personas es también el padre de esta encantadora dama.

Al oír tales palabras, la princesa se enfureció más que nunca, y gritó:

—¡Oh, espíritu mentiroso, cuando llegue la mañana te quemaré a ti también!

Entonces sonó el tambor por tercera y última vez, la gente de la ciudad lo oyó y, volviéndose en sus camas, dijo a sus hijos:

—Mañana se casará la princesa.

—¡Salaam Alaikim! —dijo la hija del herrero.

—Alaikim salaam —respondió la rata.

Tras esto, las dos amigas se separaron; la rata siguió su camino, mientras que su benefactora cerraba los ojos y dormía.

A la mañana siguiente, toda la ciudad estaba impaciente por conocer los detalles de la boda de la princesa y, de común acuerdo, hubo fiesta por todas partes. La hija del herrero se levantó temprano y, vistiéndose con sumo cuidado, se dirigió a los establos, donde vio a su marido, el príncipe Ghool, vestido de mozo de cuadra, frotando un caballo con peine y cepillo. Lo miró con ternura por un momento, mientras una lágrima asomaba a sus ojos, pero se recobró de ello con rapidez, y volvió al palacio. Todo el día se dedicó a banquetes, juegos y regocijos; y cuando llegó el sacerdote, en medio de los dignatarios de la corte reunidos, la hija del herrero y la princesa se unieron en matrimonio según las formas que eran costumbre entre los musulmanes. Una vez terminada la ceremonia, el falso novio se dirigió a su novia y le dijo:

—Te he conquistado a pesar de todas las dificultades, y ahora es mi voluntad que durante seis meses no entres en mi habitación.

La sabiduría del supuesto príncipe era tan grande, que su suegro le rendía el mayor respeto posible y le consultaba sobre todos los asuntos de Estado, y sus modales y su forma de hablar eran tan encantadores que se ganaba todos los corazones. Uno de sus primeros actos de gracia fue solicitar al rey que liberara a todos los desafortunados príncipes que se dedicaban a la asistencia servil de los caballos de su esposa, y que les permitiera regresar a sus hogares. Su petición fue concedida; pero como ella misma llevó tal orden, tuvo buen cuidado, al despedir a todos los demás, de exceptuar a su propio marido, y sobre él recayeron sus órdenes de traerle cada mañana su caballo ensillado y con bridas, y de asistirla en sus expediciones. El príncipe Ghool, al ver que todos sus compañeros recuperaban la libertad, apenas pudo evitar en esta ocasión llorar, vejado y decepcionado, mientras se decía a sí mismo: «¡Solo yo quedo en la esclavitud!». Después de muchos días, la hija del herrero fue a ver al rey y le dijo: «¡Oh, rey, te solicito un favor! Permíteme visitar mi país y a mi familia». Su ruego le fue concedido y se le proporcionó una escolta de jinetes, así como todas las comodidades posibles para el viaje, tanto para ella como para la princesa. Luego, ella misma ordenó al príncipe Ghool que nunca se separara de su caballo, y le puso guardias para impedir que intentase escapar.

Después de varias jornadas, el príncipe se dijo: «Veo que vamos a mi propio país. Ay, qué diría la hija del herrero si me viera en semejante aprieto».

Cuando la cabalgata llegó a dos o tres jornadas de la capital, se detuvo para pasar la noche; la hija del herrero mandó llamar a su marido y le dijo:

—Tengo un asunto urgente entre manos, cuya naturaleza no puedo revelar. Basta con que me disfrace. Dame tus ropas de mozo de cuadra y vístete algunas de las mías en mi lugar, para hacer de mí en mi ausencia. Hazlo durante un mes. Dentro de poco volveré a verte.

El príncipe, asombrado por tal petición, obedeció y se puso el atavío de su supuesto amo. Pero ella, después de recibir de un fiel ayudante la ropa de caballerizo, junto con su peine y su cepillo para caballos, lo guardó todo en una caja y, llevándoselo consigo, se alejó en la oscuridad hacia la casa de su padre.

Transcurrieron uno o dos días y la hija del herrero no regresaba: «El príncipe este me pidió que me quedara aquí un mes con la princesa y su séquito. Mi padre es un rey poderoso y su capital está cerca. ¿Por qué no llevarme a la princesa a mi propia casa y jurar que la he conquistado?».

Así que aquella misma noche dio la orden correspondiente, y al tercer día llegó al palacio de su padre. Entró triunfante, y por todas partes se proclamó que el príncipe Ghool había regresado y que había ganado a la famosa princesa muda; y cuando la gente lo vio cabalgando por la calle al lado de su padre, que había salido con tropas para escoltarlo, todas las casas tronaron en aclamaciones.

Al día siguiente, el príncipe Ghool envió un mensaje a casa del herrero y le ordenó que enviara a su hija a palacio. En cuanto apareció, le dijo:

—Oh, te burlaste de mí acerca de esta princesa, ¿verdad? ¿Qué me dices ahora? ¿No me la he ganado?

—¿La ganaste tú —respondió ella con sosiego—, o lo hice yo?

—Fui yo —protestó él.

—No, fui yo —le replicó la muchacha.

Y entonces dio un pisotón, y un criado acudió con una caja. Cuando los presentes hubieron recibido la orden de retirarse, abrió la caja y sacó de ella el viejo peine, el cepillo y el antiguo traje de caballerizo.

Se los mostró al príncipe y le preguntó:

—¿De quién es todo esto, tuyo o mío?

El príncipe se quedó perplejo y por un momento no pudo hablar. Luego balbuceó:

—¡Es mío!

—Entonces, ¿ganaste tú a la princesa o lo hice yo? —preguntó ella.

—Fuiste tú —admitió él.

—Ah —dijo entonces la hija del herrero—. Si tú, junto con los ministros de tu padre, ni siquiera fuiste capaz de desvelar el secreto de las vasijas de barro, ¿cómo es posible que hayas conquistado a la muda princesa? Pues anda, ahora cógela, cásate con ella y seamos todos felices por fin.

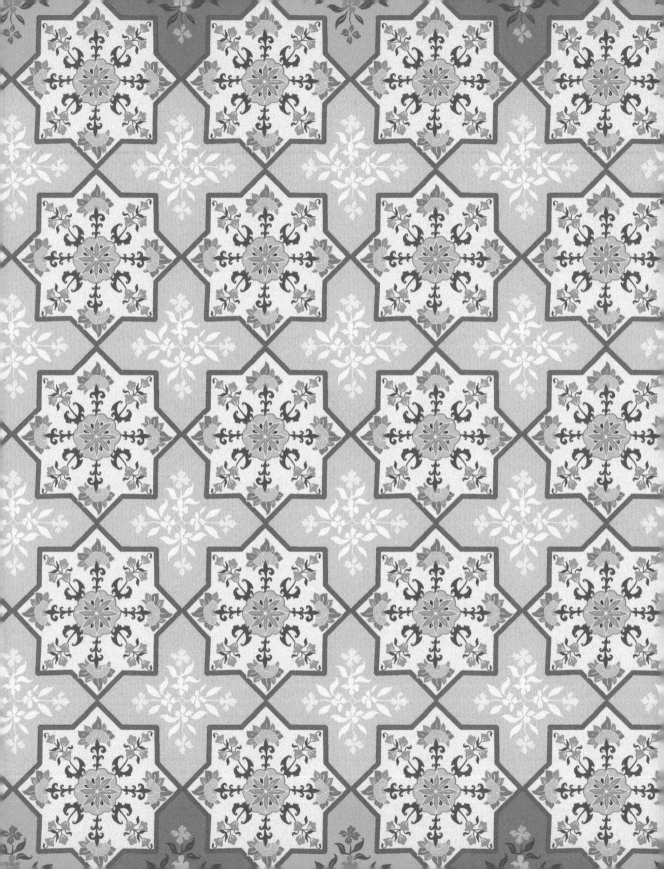

Burlando y siendo burlado

EL BRAHMÁN FANTASMA

Bengala

Érase una vez un brahmán pobre al que, al no ser un *kulin*[1], le resultaba lo más difícil del mundo casarse. Recurrió a gente rica y les rogó que le dieran dinero para así poder conseguir una esposa. Y necesitaba una gran suma de dinero, no tanto para los gastos de la boda, como para dársela a los padres de la novia. Mendigó de puerta en puerta, halagó a muchos ricos y, por último, consiguió reunir la suma necesaria. La boda se celebró a su debido tiempo y llevó a su esposa a casa de su madre. Al cabo de poco tiempo dijo a su madre:

—Madre, no tengo medios para manteneros a ti y a mi esposa; por lo tanto, debo ir a países lejanos para conseguir dinero de un modo u otro. Puede que esté fuera durante años, pues no volveré hasta que consiga una buena suma. Mientras tanto te daré lo que tengo; tú aprovéchalo y cuida de mi mujer.

El brahmán, tras recibir la bendición de su madre, se puso en camino. Al anochecer de ese mismo día, un fantasma que asumió exactamente la apariencia del brahmán entró en la casa. La recién casada, pensando que era su marido, le dijo:

—¿Cómo es que has vuelto tan pronto? Dijiste que te ausentarías durante años; ¿por qué has cambiado de opinión?

El fantasma respondió:

---

[1] Una suerte de nobleza entre los de esa casta (*N. del T.*).

—Hoy no es un día propicio, por eso he vuelto a casa; además, ya tengo algo de dinero.

La madre no dudó de que fuese su hijo. Así que el fantasma vivió en la casa como si fuera su dueño, y como si fuera el hijo de la anciana y el marido de la joven. Como el fantasma y el brahmán eran exactamente iguales en todo, como dos guisantes, todos los vecinos pensaron que el fantasma era el verdadero brahmán. Al cabo de algunos años, el brahmán regresó de sus viajes; y no fue poca su sorpresa cuando encontró a otro como él en la casa. El fantasma dijo al brahmán:

—¿Quién eres? ¿Qué haces en mi casa?

—¿Que quién soy yo? —replicó el brahmán—. Déjame preguntarte quién eres tú. Esta es mi casa; esa es mi madre, y esta es mi esposa.

El fantasma dijo entonces:

—Vaya, pero qué cosa más extraña. Todo el mundo sabe que esta es mi casa, esa es mi esposa, y allí está mi madre; y he vivido aquí durante años. Y tú pretendes que esta es tu casa y que esa mujer es tu esposa. Se te debe de haber ido la cabeza, brahmán.

Dicho lo cual, el fantasma echó al brahmán de su casa. El brahmán se quedó mudo de asombro. No sabía qué hacer. Por fin, se le ocurrió acudir al rey y exponerle su caso. El rey observó tanto al brahmán fantasma como al brahmán, y el uno era la imagen del otro; así que se veía en un aprieto y no sabía cómo dirimir la disputa. Día tras día, el brahmán iba a ver al rey y le suplicaba que le devolviera su casa, a su mujer y a su madre; y el rey, sin saber qué contestarle, en cada ocasión lo aplazaba hasta el día siguiente. Todos los días, el rey le decía:

—Ven mañana.

Y todos los días el brahmán se marchaba del palacio llorando, golpeándose la frente con la palma de la mano y diciendo:

—¡Qué mundo tan perverso es este! Me han echado de mi propia casa, y otro individuo ha tomado posesión de mi casa y de mi esposa. ¡Y qué rey es este! No hace justicia.

Sucedió que, cuando el brahmán salía todos los días de la corte a las afueras de la ciudad, pasaba por un lugar en el que solían jugar muchos vaqueros. Dejaban pastar a las vacas en el prado, mientras ellos se reunían bajo un gran árbol para jugar. Y juga-ban a los reyes. A un vaquero lo elegían rey; a otro, primer ministro o visir; a otro, *kotwal* o prefecto de policía; y a otros, alguaciles. Todos los días, durante varios días seguidos, vieron pasar al brahmán llorando. Un día, el rey vaquero preguntó a su visir si sabía por qué el brahmán lloraba todos los días. Como el visir no pudo responder a la pregunta, el rey vaquero ordenó a uno de sus alguaciles que le trajera al brahmán. Uno de ellos fue y dijo al brahmán:

—El rey requiere tu inmediata asistencia.

—¿Para qué? Vengo de ver al rey y me ha aplazado la vista hasta mañana. ¿Por qué me requiere de nuevo? —respondió el brahman.

—Es nuestro rey quien te busca, nuestro rey pastor —replicó el alguacil.

—¿Quién es ese rey pastor? —preguntó el brahmán.

—Ven y lo verás —fue la respuesta.

El rey pastor preguntó entonces al brahmán por qué se iba llorando todos los días. El brahmán le contó su triste historia. El rey de los vaqueros, después de oírlo todo, dijo:

—Comprendo tu caso; te devolveré todo lo que es tuyo. Solo tienes que ir a ver al rey y pedirle permiso para que yo decida tu caso.

El brahmán volvió entonces ante el rey del país, y rogó a su majestad que enviara su caso al rey pastor, que se había ofrecido a decidirlo. El rey, a quien aquel caso tenía desconcertado sobremanera, concedió el permiso que le solicitaban. Se fijó la mañana siguiente para el juicio. El rey pastor, que se había hecho perfecto cargo de lo que ocurría, llevaba consigo al día siguiente una ampolla de cuello estrecho. El brahmán y el brahmán fantasma comparecieron ante el tribunal. Después de mucho interrogar a los testigos y de pronunciarse alegaciones, habló el rey pastor:

—Bueno, ya he oído bastante. Decidiré el caso de inmediato. Aquí está este frasco. El que de vosotros logre introducirse en él será declarado, por este tribunal, legítimo propietario de la casa cuyo título se discute. A ver quién de vosotros entra.

El brahmán dijo:

—Tú eres un pastor, y tu intelecto es el de un pastor. ¿Qué hombre podría entrar en una ampolla tan pequeña?

—Si no puedes entrar —repuso el rey pastor—, entonces es que no eres el legítimo propietario.

Se volvió hacia el brahmán fantasma.

—¿Y tú qué dices, señor? Si puedes entrar en la ampolla, entonces la casa y la esposa y la madre pasarán a ser tuyas.

—Por supuesto que entraré —dijo el fantasma.

Y cumpliendo con su afirmación, ante el asombro de todos, se transformó en una pequeña criatura parecida a un insecto y entró en la ampolla. El rey pastor tapó inmediatamente la ampolla, y el fantasma no pudo salir. Entonces, dirigiéndose al brahmán, le dijo:—Tira esta ampolla al fondo del mar y toma posesión de tu casa, tu mujer y tu madre.

El brahmán así lo hizo, y vivió feliz durante muchos años y engendró hijos e hijas.

Así termina mi historia.
El retoño de Natiya se marchita;
¿Por qué, oh retoño de Natiya, te marchitas?
¿Por qué tu vaca hojea sobre mí?
¿Por qué, oh vaca, navegas?
¿Por qué tu vaquero no me cuida?
¿Por qué, oh vaquero, no cuidas de la vaca?
¿Por qué tu nuera no me da arroz?
¿Por qué, oh nuera, no le das arroz?
¿Por qué llora mi hijo?
¿Por qué, oh niño, lloras?
¿Por qué me pica la hormiga?
¿Por qué, oh hormiga, le muerdes?
¡Koot! ¡Koot! ¡Koot! †

---

† Según el autor de esta historia, los narradores tradicionales bengalíes solían repetir estas líneas al final de cada cuento.

BOPOLÛCHÎ

> ❖

Punjab

rase una vez en que varias muchachas fueron a sacar agua al pozo de la aldea, y mientras llenaban sus jarras, se pusieron a hablar acerca de sus esponsales y bodas.

Dijo una:

—Pronto vendrá mi tío con los regalos nupciales, y ha de traer los mejores vestidos que una pueda imaginar.

Dijo una segunda:

—Y mi tío político viene, lo sé, trayendo los dulces más deliciosos que puedas imaginar.

Dijo una tercera:

—Oh, mi tío llegará enseguida con las joyas más excepcionales del mundo.

Pero Bopolûchî, la muchacha más bonita de todas, parecía triste, pues era huérfana y no tenía a nadie que le arreglara un matrimonio. Sin embargo, era demasiado orgullosa como para permanecer en silencio, así que dijo alegremente:

—Y mi tío también viene, trayéndome vestidos finos, comida fina y joyas finas.

Un vendedor ambulante, que vendía a las campesinas dulces, perfumes y toda clase de cosméticos, estaba sentado cerca del pozo y oyó lo que decía Bopolûchî. Al día siguiente, disfrazado de labrador acomodado, se presentó en casa de Bopolûchî cargado de bandejas y más bandejas rebosantes de vestidos, manjares y joyas preciosas, pues no era un verdadero vendedor ambulante, sino un malvado ladrón, muy rico.

Bopolûchî apenas podía dar crédito a sus ojos, pues todo era tal y como ella había predicho, y el ladrón dijo que era el hermano de su padre, que había estado lejos, recorriendo el mundo, durante años, y que ahora había regresado para concertar su matrimonio con uno de sus hijos, primo de la chica.

Al oír aquello, Bopolûchî se lo creyó todo y se sintió muy complacida, así que reunió las pocas cosas que poseía en un fardo y partió con el ladrón, muy animada.

Pero cuando iban por el camino, un cuervo que estaba posado en una rama graznó:

—¡Bopolûchî, qué pena!

»¡Has perdido el juicio, bonita mía!

»No existe tal tío que te alivie,

»Sino un ladrón que te está engañando.

—¡Tío! —exclamó Bopolûchî—, ese cuervo grazna a lo loco. ¿Qué dice?

—¡Bah! —respondió el ladrón—, todos los cuervos de por aquí graznan de la misma manera.

Un poco más allá, se encontraron con un pavo real que, en cuanto vio a la hermosa doncella, empezó a gritar:

—¡Bopolûchî, qué pena!

»¡Has perdido el juicio, bonita mía!

»No existe tal tío que te alivie,

»Sino un ladrón que te está engañando.

—¡Tío! —exclamó Bopolûchî—, ese pavo real grita a lo loco. ¿Qué dice?

—¡Bah! —respondió el ladrón—, todos los pavos reales de por aquí gritan de la misma manera.

Un poco más adelante, un chacal se escabulló por el camino; en cuanto vio a la pobre y bonita Bopolûchî, se puso a aullar:

—¡Bopolûchî, qué pena!

»¡Has perdido el juicio, bonita mía!

»No existe tal tío que te alivie,

»Sino un ladrón que te está engañando.

—¡Tío! —exclamó Bopolûchî—, ese chacal aúlla a lo loco. ¿Qué dice?

—¡Bah! —respondió el ladrón—, todos los chacales de por aquí aúllan de la misma manera.

Así que la pobre Bopolûchî siguió su camino hasta llegar a la casa del ladrón. Entonces, él le dijo quién era y cómo pensaba casarse con ella. Ella lloró y lloró amargamente, pero el ladrón no tuvo compasión de ella y la dejó a cargo de su anciana madre —¡oh!, siempre hay una anciana madre—, mientras él salía a hacer los preparativos para el banquete nupcial.

Ocurre que Bopolûchî tenía una cabellera tan hermosa que le llegaba hasta los tobillos, pero la vieja madre no tenía ni un pelo en su vieja calva.

—¡Hija! —exclamó la anciana, siempre la anciana madre, mientras le ponía el vestido de novia a Bopolûchî—, ¿cómo has conseguido tener un pelo tan bonito?

—Bueno —respondió Bopolûchî—, mi madre me lo hizo crecer golpeándome la cabeza en el gran mortero que tenemos para descascarar arroz. A cada golpe del mortero mi pelo crecía más y más. Te aseguro que es un método que nunca falla.

—¡Quizás algo así *me* haga crecer el pelo! —exclamó con ansia la anciana.

—Tal vez sí —repuso la astuta Bopolûchî.

Así que la anciana, siempre la anciana madre, metió la cabeza en el mortero, y Bopolûchî la aporreó con tanta saña que la anciana murió.

Luego, Bopolûchî vistió el cadáver con el traje nupcial escarlata, lo sentó en la baja silla nupcial, le cubrió bien el rostro con el velo y le puso delante la rueca, para que cuando el ladrón llegara a casa pensara que era la novia. Acto seguido, se puso la ropa de la anciana madre y, cogiendo su propio fardo, salió de la casa lo más rápidamente posible.

De camino a casa, se encontró con el ladrón, que regresaba con una piedra de molino robada, para moler el maíz del banquete nupcial, transportándola sobre la cabeza. Se asustó mucho y se escondió detrás de un seto para no ser vista. Pero el ladrón, al no reconocerla con el vestido de su anciana madre, pensó que se trataba de alguna mujer desconocida, procedente de una aldea vecina, y para evitar ser visto se escabulló detrás de otro seto. Y así Bopolûchî llegó a su casa sana y salva.

Mientras tanto, el ladrón, habiendo llegado a su casa, vio la figura de escarlata nupcial sentada en la silla nupcial, ante la rueca, y por supuesto pensó que se trataba de Bopolûchî. Así que la llamó para que le ayudara a bajar la piedra del molino, pero ella no le respondió. Volvió a llamarla, pero ella siguió sin responder. Entonces montó en cólera y le arrojó la piedra de molino a la cabeza. La figura se desplomó, y ¡hete aquí que no era Bopolûchî, sino su anciana madre! Entonces el ladrón lloró y se golpeó el pecho, pensando que la había matado; pero cuando descubrió que la bella Bopolûchî había huido, se puso furioso y decidió traerla de vuelta de la manera en que fuese preciso.

Bopolûchî estaba convencida de que el ladrón intentaría capturarla, así que todas las noches suplicaba que le diesen nuevo alojamiento en casa de algún amigo, dejando vacía su camita en su propia casita; pero al cabo de un mes, más o menos, ya había agotado su cupo de amigos y no quería pedir a ninguno de ellos que le diera cobijo por segunda vez. Decidió, pues, hacer frente a la situación y dormir en su casa, pasara lo que pasara; pero se llevó un garfio consigo a la cama. En mitad de la noche, cuatro hombres entraron sigilosamente en la casa y, agarrando cada uno una pata de la cama, la levantaron y se marcharon con ella a cuestas. Bopolûchî estaba despierta, pero se hizo la dormida, hasta que llegaron a un paraje silvestre y desierto, donde los ladrones estaban desprevenidos; entonces sacó el garfio y, en un abrir y cerrar de ojos, les cortó las cabezas a los dos ladrones que estaban a los pies de la cama. Volviéndose rápidamente, hizo lo mismo con otro ladrón que estaba en la cabecera, pero el último ladrón huyó despavorido y se subió como un gato salvaje a un árbol cercano, antes de que ella pudiera alcanzarlo.

—¡Baja —gritó la valerosa Bopolûchî, blandiendo el garfio—, y lucha!

Pero el ladrón no quiso bajar, así que Bopolûchî recogió todos los palos que encontró, los amontonó alrededor del árbol y les prendió fuego. Por supuesto, el árbol también se incendió y el ladrón, medio ahogado por el humo, trató de bajar de un salto y ella lo mató.

Luego, Bopolûchî fue a la casa del ladrón y se llevó todo el oro y la plata, las joyas y las ropas que allí tenía escondidas, volviendo a la aldea tan rica, que podría casarse con quien quisiera. Y ese fue el final de las aventuras de Bopolûchî.

EL HIJO DE SIETE MADRES

Punjab

Érase una vez un rey que tenía siete esposas, pero ningún hijo. Esto era algo que lo apenaba mucho, sobre todo cuando recordaba que, a su muerte, no tendría heredero.

Hete aquí que un día un pobre y viejo faquir, o devoto religioso, se acercó al Rey y le dijo:

—Tus plegarias han sido escuchadas, tu deseo se cumplirá, y cada una de tus siete Reinas dará a luz a un hijo.

La alegría del Rey ante esta promesa no tuvo límites, y ordenó que se preparasen celebraciones apropiadas para el próximo acontecimiento a lo largo y ancho de todo el país.

Mientras tanto, las siete Reinas vivían lujosamente en un espléndido palacio, atendidas por cientos de esclavas, y se alimentaban hasta saciarse de dulces y golosinas.

El Rey era muy aficionado a la caza, y un día, antes de partir, las siete Reinas le enviaron un mensaje diciendo:

—Quiera nuestro queridísimo señor no cazar hoy hacia el norte, pues hemos tenido malos sueños y tememos que le ocurra algún mal.

El Rey, para calmar su ansiedad, prometió tener en cuenta sus deseos, y partió hacia el sur; pero la suerte quiso que, aunque cazó diligentemente, no encontró caza.

Tampoco tuvo mayor éxito hacia el este ni el oeste, por lo que, como era un gran deportista y estaba decidido a no volver a casa con las manos vacías, se olvidó de su promesa y se dirigió hacia el norte. Allí tampoco obtuvo recompensa alguna al principio, pero justo cuando se había decidido a renunciar por aquel día, una cierva blanca con cuernos de oro y pezuñas de plata pasó a su lado, metiéndose en un matorral. Tan rápido pasó, que apenas la vio; sin embargo, un ardiente deseo de capturar y poseer a aquella extraña y hermosa criatura colmó su pecho. Al instante ordenó a sus asistentes que formaran un círculo alrededor de la espesura, rodeando así a la cierva; luego, estrechando gradualmente el círculo, avanzó hasta que pudo ver claramente a la cierva blanca jadeando encerrada. Cada vez se acercaba más pero, justo cuando creía poder atrapar a la extraña y hermosa criatura, esta dio un poderoso salto, pasó por encima de la cabeza del Rey y huyó hacia las montañas. Olvidándose de todo lo demás, el Rey, picando espuelas a su caballo, la siguió a toda velocidad. Siguió galopando, dejando atrás a su séquito, pero sin perder de vista a la cierva blanca y sin tirar de las riendas, hasta que, al encontrarse en un estrecho barranco sin salida, refrenó a su corcel. Ante él se alzaba una miserable casucha, en la que, cansado tras su larga e infructuosa persecución, entró para pedir un sorbo de agua. Una anciana, sentada dentro de la cabaña junto a una rueca, respondió a su demanda llamando a su hija y, de inmediato, de una habitación interior salió una doncella tan hermosa y encantadora, de piel tan blanca y cabellos tan dorados, que el Rey se quedó paralizado de asombro al encontrarse con un espectáculo tan hermoso en la mísera chabola.

Ella acercó el vaso de agua a los labios del Rey, y mientras este bebía la miró a los ojos, y entonces se le hizo patente que la muchacha no era otra que la cierva blanca de cuernos de oro y patas de plata que había estado persiguiendo.

Su belleza lo embrujó por completo, y cayó de rodillas, rogándole que volviera con él convertida en su novia; pero ella se limitó a echarse a reír, diciendo que siete Reinas eran suficientes incluso para un Rey. Sin embargo, cuando él no aceptó la negativa, sino que le imploró que se apiadara de él, y le prometió todo cuanto pudiera desear, le respondió:

—Entrégame los ojos de tus siete esposas y entonces quizá pueda creerme todo lo que me estás diciendo.

El Rey estaba tan cautivado por el encanto y la belleza mágica de la cierva blanca, que regresó a casa de inmediato, hizo sacar los ojos a sus siete Reinas y, tras arrojar a las pobres criaturas ciegas a una hedionda mazmorra de la que no podrían escapar, retornó a la casucha del barranco, llevando consigo su espantosa ofrenda. Pero la cierva blanca se limitó a reír cruelmente cuando vio los catorce ojos, y ensartándolos como un collar, se los echó al cuello a su madre, diciendo:

—Ponte esto, madrecita, para que te sirva de recuerdo, mientras estoy en el palacio del Rey.

Luego, se marchó con el monarca hechizado, convertida en su novia, y él le entregó las ricas ropas y joyas de las siete Reinas para que se ataviase, el palacio de las siete Reinas para que se alojase, y los esclavos de las siete Reinas para que la sirvieran; de modo que lo cierto es que tenía todo lo que incluso una bruja podría desear.

Poco después de que las siete desdichadas reinas fueran encarceladas, nació el hijo de la Primera Reina. Era un niño hermoso, pero las Reinas estaban tan desesperadamente hambrientas, que mataron al niño de inmediato y, dividiéndolo en siete porciones, se lo comieron. Todas menos la Reina más joven, que guardó su porción en secreto.

Al día siguiente nació el hijo de la Segunda Reina, e hicieron lo mismo con él y con todos los demás, uno tras otro, hasta que al séptimo día nació el hijo de la séptima reina, la más joven. Pero cuando las otras seis Reinas se acercaron a la joven madre y quisieron quitárselo, diciendo: «¡Danos a tu hijo para comer, como tú te has comido a los nuestros!», ella entregó los seis trozos de los otros bebés sin tocar, y contestó:

—¡No es así! Aquí tenéis seis porciones para vosotras; coméoslos y dejad en paz a mi hijo. No podéis quejaros, porque cada una tiene su parte, ni más ni menos.

Así sucedió que, aunque las otras reinas estaban muy celosas de que la más joven entre ellas hubiera salvado la vida de su bebé deliberada y abnegadamente, no podían alegar nada, porque, como la joven madre les había dicho, habían recibido lo que les correspondía. Y aunque al principio les disgustaba el apuesto chiquillo, pronto les resultó tan útil que no tardaron en considerarlo su propio hijo. Casi nada más nacer, empezó a rascar la pared de barro del calabozo, y en muy poco tiempo había hecho un agujero lo bastante grande como para colarse por él. Desapareció por el mismo y regresó al cabo de una hora cargado de dulces, que repartió a partes iguales entre las siete reinas ciegas.

Cuando creció, agrandó el agujero, y se escapaba dos o tres veces al día para jugar con los pequeños nobles de la ciudad. Nadie sabía quién era aquel chiquillo, pero a todo el mundo le caía bien, y estaba tan lleno de trucos y payasadas divertidas, era tan alegre y brillante, que invariablemente lo recompensaban con unas tortas, un puñado de grano tostado o unos dulces. Todo eso se lo llevaba a casa a sus siete madres, como a él le gustaba llamar a las siete reinas ciegas que, con su ayuda, vivían en su calabozo, cuando todo el mundo pensaba que habían muerto de hambre hacía mucho tiempo.

Por fin, cuando ya era un muchacho grande, tomó un día su arco y sus flechas y salió en busca de caza. Al llegar por casualidad al palacio donde la cierva blanca vivía con gran esplendor y magnificencia, vio unas palomas revoloteando alrededor de las torrecillas de mármol blanco y, apuntando bien, mató a una de ellas. La paloma pasó dando tumbos junto a la ventana donde estaba sentada la Reina blanca; esta se levantó para ver qué era lo que pasaba y se asomó. En cuanto puso la vista sobre el apuesto muchacho que estaba allí, arco en mano, supo, gracias a la brujería, que era el hijo del Rey.

Casi se murió ella de la envidia y el rencor, y decidió destruir al muchacho sin demora; por lo tanto, envió a un criado para que lo condujese a su presencia, y le preguntó si le vendería la paloma que acababa de cazar.

—No —respondió el robusto muchacho—, la paloma es para mis siete madres ciegas, que viven en el hediondo calabozo, y que morirían si no les llevara comida.

—¡Pobres almas! —gritó la astuta bruja blanca—. ¿O te gustaría devolverles los ojos? Dame la paloma, querido, y yo te prometo que, sin duda alguna, te mostraré dónde puedes recuperarlos.

Al oír aquello, el muchacho se alegró muchísimo y renunció inmediatamente a la paloma. Entonces la Reina blanca le dijo que buscara sin demora a su madre y le pidiera los ojos que llevaba como collar.

—No dejará de dártelos —dijo la cruel Reina—, si le enseñas esta pieza en la que he escrito lo que quiero que se haga.

Diciendo eso, entregó al muchacho un trozo de tiesto roto, en el que había escrito lo siguiente: «¡Mata al portador de inmediato, y haz correr su sangre como si fuese agua!». Como el hijo de siete madres no sabía leer, aceptó confiado el fatal mensaje y partió en busca de la madre de la Reina blanca.

Pero, mientras viajaba, pasó por una ciudad en la que todos los habitantes parecían tan tristes que no pudo evitar preguntar qué ocurría. Le dijeron que era porque la única hija del rey se negaba a casarse, de modo que cuando su padre muriera no habría heredero al trono. Mucho se temían que estuviera loca pues, aunque le habían presentado a todos los jóvenes apuestos del reino, ella declaró que solo se casaría con uno que fuera hijo de siete madres, y por supuesto nadie había oído hablar de tal cosa. Sin embargo, el rey, desesperado, había ordenado que todos los hombres que entraran por las puertas de la ciudad fueran conducidos ante la Princesa por si acaso esta cedía. Así que, para gran impaciencia del muchacho, que tenía una prisa inmensa por encontrar los ojos de sus madres, fue conducido a la fuerza al salón de audiencias.

Nada más verlo, la Princesa se sonrojó y, volviéndose hacia el rey, le dijo:

—Querido padre, ¡este es el hombre de mi elección!

Nunca hubo tanta alegría como la que causaron estas pocas palabras. Los lugareños casi se volvieron locos de alegría, pero el hijo de siete madres dijo que no se casaría con la Princesa si antes no le dejaban recuperar los ojos de sus madres. Cuando la hermosa novia oyó su historia, pidió ver el trozo de tiesto, pues era muy culta e inteligente; tanto que, al leer las traicioneras palabras, no dijo nada, sino que, tomando otro trozo de tiesto de forma parecida, escribió en él estas palabras: «Cuida de este muchacho, dale todo cuanto desee», y se lo devolvió al hijo de siete madres que, sin enterarse de nada, partió para proseguir su búsqueda.

No tardó en llegar a la casucha del barranco, donde la madre de la bruja blanca, una criatura vieja y espantosa, refunfuñó terriblemente al leer el mensaje, sobre todo cuando el muchacho le pidió el collar de ojos. No obstante, se lo quitó y se lo dio, diciendo:

—Ya solo quedan trece, porque me comí uno la semana pasada, porque tenía hambre.

El muchacho, sin embargo, se alegró mucho de recibir alguno, así que corrió a casa tan rápido como pudo, al encuentro de sus siete madres, y les dio dos ojos a cada una de las seis reinas mayores; pero a la más joven le dio solo uno, al tiempo que decía:

—¡Queridísima madrecita! ¡Yo seré tu otro ojo siempre!

Después de esto partió para casarse con la Princesa, como había prometido, pero al pasar por el palacio de la Reina blanca vio de nuevo unas palomas en el tejado. Sacó su arco y disparó a una cuando pasó revoloteando por delante de la ventana. Entonces la cierva blanca se asomó, y hete aquí que vio que el hijo del Rey estaba sano y salvo. Lloró de odio y disgusto, pero al llamar al muchacho le preguntó cómo había vuelto tan pronto, y cuando oyó que había traído a casa los trece ojos y se los había dado a las siete reinas ciegas, apenas pudo contener su rabia. Sin embargo, fingió estar encantada con su éxito y le dijo que, si le daba también esta paloma, le recompensaría con la maravillosa vaca de Jôgi, cuya leche fluye todo el día y forma un estanque tan grande como un reino. El muchacho, nada reacio, le entregó la paloma; entonces, como antes, ella le ordenó que fuera a pedirle la vaca a su madre, y le dio un trozo de tiesto en el que estaba escrito: «¡Mata a este muchacho de inmediato, y haz correr su sangre como si fuese agua!».

Pero por el camino, el hijo de siete madres fue a ver a la Princesa para contarle por qué se había retrasado, y ella, después de leer el mensaje en el trozo de tiesto, le dio otro en su lugar; de modo que, cuando el muchacho llegó a la cabaña de la vieja bruja y le preguntó por la vaca de Jôgi, ella no pudo negarse, sino que le dijo cómo encontrarla; y ordenándole que, por encima de todo, no tuviese miedo de los dieciocho mil demonios que vigilaban y custodiaban el tesoro, le dijo que se marchase antes de que se enfadara demasiado por la insensatez de su hija al regalar tantas cosas buenas.

Entonces el muchacho hizo con coraje lo que se le había dicho. Siguió caminando hasta que llegó a un estanque blanco como la leche, custodiado por dieciocho mil demonios. Eran realmente espantosos de ver, pero armándose de valor, se puso a silbar una melodía mientras caminaba entre ellos, sin mirar ni a derecha ni a izquierda. De pronto, se encontró con la vaca de Jôgi, alta, blanca y hermosa, mientras el propio Jôgi, que era el rey de todos los demonios, se sentaba a ordeñarla día y noche, y la leche manaba de sus ubres llenando el tanque blanco inmaculado.

El Jôgi, al ver al muchacho, gritó con fiereza:

—¿Qué es lo que buscas aquí?

Entonces el muchacho respondió, según le había indicado la vieja bruja:

—Quiero tu pellejo, porque el rey Indra está haciendo un timbal nuevo, y dice que tu piel es bonita y dura.

Al oír esto, el Jôgi empezó a temblar y a estremecerse (pues ningún Jinn o Jôgi se atreve a desobedecer la orden del rey Indra) y, cayendo a los pies del muchacho, gritó:

—¡Si me perdonas te daré todo lo que poseo, incluso mi hermosa vaca blanca!

El hijo de siete madres, después de una pequeña vacilación fingida, accedió a ello, diciendo que, después de todo, no sería difícil encontrar en otra parte una piel bonita y dura como la del Jôgi; así que, arreando a la vaca prodigiosa, emprendió el camino de vuelta a casa. Las siete Reinas estaban encantadas de poseer un animal tan maravilloso, y aunque trabajaban de la mañana a la noche haciendo cuajada y suero, además de vender leche a los pasteleros, no podían utilizar la mitad de lo que daba la vaca, y se hicieron cada día más ricas.

Al verlas ya tan bien instaladas, el hijo de siete madres se dispuso a casarse con la Princesa; pero al pasar por delante del palacio de la cierva blanca no pudo resistirse a disparar contra unas palomas que arrullaban en el parapeto, y por tercera vez una cayó muerta justo debajo de la ventana donde estaba sentada la Reina blanca. Al asomarse, vio allí, ante sus ojos, al muchacho sano y salvo, y se puso más blanca que nunca de rabia y rencor.

Fue a buscarlo para preguntarle cómo había regresado tan pronto, y cuando se enteró de la amabilidad con que lo había recibido a su madre, estuvo a punto de sufrir un ataque; sin embargo, disimuló sus sentimientos lo mejor que pudo y, sonriendo dulcemente, le dijo que se alegraba de haber podido cumplir su promesa, y que si le daba esta tercera paloma, haría aún más por él de lo que había hecho antes, dándole el *arroz de a montones*, que madura en una sola noche.

El muchacho, por supuesto, quedó encantado con la sola idea de aquello y, renunciando a la paloma, partió en su búsqueda, armado como antes con un trozo de tiesto en el que estaba escrito: «No falles esta vez. Mata al chico y haz correr su sangre como si fuese agua».

Pero cuando fue a ver a su Princesa para evitar que esta se angustiase por él, ella le pidió ver el trozo de tiesto, como de costumbre, y lo sustituyó por otro en el que estaba escrito: «¡Dale otra vez a este muchacho todo lo que pida, porque su sangre será como tu propia sangre!».

Cuando la vieja bruja vio aquello y supo que el muchacho quería el *arroz de a montones*, que madura en una sola noche, se puso furiosísima, pero como temía sobremanera a su hija, se controló y dijo al muchacho que fuera a buscar el campo custodiado por dieciocho millones de demonios, advirtiéndole que no mirara atrás después de haber arrancado la espiga de arroz más alta, que crecía en el centro.

Así pues, el hijo de siete madres se puso en camino y pronto llegó al campo donde, custodiado por dieciocho millones de demonios, crecía el *arroz de a montones*. Siguió caminando con valor, sin mirar a derecha ni a izquierda, hasta que llegó al centro y arrancó la espiga más alta; pero cuando se volvió en dirección a donde estaba su casa, mil dulces voces se alzaron detrás de él, gritando con los más tiernos acentos: «¡Arráncame a mí también! Oh, por favor, arráncame a mí también». Miró hacia atrás, y ¡hete aquí que no quedó de él más que un montoncito de cenizas!

Como pasaba el tiempo y el muchacho no regresaba, la vieja bruja se inquietó, recordando el mensaje «su sangre será como tu propia sangre»; así que se puso en camino para ver qué había sucedido.

Pronto llegó al montón de cenizas, y sabiendo gracias a sus artes lo que era aquello, tomó un poco de agua y, amasando las cenizas hasta convertirlas en una pasta, les dio forma de hombre; luego, poniéndole en la boca una gota de sangre de su dedo meñique, le sopló y, al instante, el hijo de siete madres se levantó tan bien como siempre.

—¡No vuelvas a desobedecer las instrucciones —refunfuñó la vieja bruja—, o la próxima vez te dejaré tal como te encuentre! Ahora vete, antes de que me arrepienta de mi amabilidad.

Así, el hijo de siete madres regresó alegremente junto a las siete Reinas, que, con la ayuda del *arroz de a montones*, pronto se convirtieron en las personas más ricas del reino. Entonces, celebraron el matrimonio de su hijo con la inteligente Princesa, con toda la pompa que uno pueda imaginar; pero la novia era tan lista que no quiso descansar hasta haber dado a conocer a su marido a su padre, y castigado a la malvada bruja blanca. Así que hizo que su marido construyera un palacio exactamente igual a aquel en el que habían vivido las siete Reinas, y en el que ahora moraba con toda clase de lujos la bruja blanca. Luego, cuando todo estuvo preparado, ordenó a su esposo que ofreciera un gran banquete al Rey. El Rey había oído hablar mucho del misterioso hijo de siete madres y de sus maravillosas riquezas, así que aceptó gustoso la invitación; pero ¡cuál fue su asombro cuando al entrar en el palacio descubrió que era un calco del suyo en todos los aspectos! Y cuando su anfitrión, ricamente ataviado, lo condujo directamente al salón privado, donde en tronos reales estaban sentadas las siete Reinas, vestidas como él las había visto por última vez, se quedó mudo de sorpresa, hasta que la Princesa, adelantándose, se arrojó a sus pies y le contó toda la historia. Entonces el Rey despertó de su encantamiento, y su ira aumentó contra la malvada cierva blanca que lo había tenido hechizado durante tanto tiempo, hasta que no pudo contenerse. Así que la mataron y araron sobre su tumba, y después las siete Reinas regresaron a su espléndido palacio y todos vivieron felices.

EL BRAHMÁN INDIGENTE

❧ ⋯❦⋯ ❧

Bengala

abía una vez un brahmán que tenía mujer y cuatro hijos. Era muy pobre. Careciendo de recursos en este mundo, vivía principalmente de la beneficencia de los ricos. Sus ganancias eran considerables cuando se celebraban ceremonias nupciales o fúnebres; pero como sus feligreses no se casaban todos los días ni morían tampoco todos los días, le resultaba difícil mantenerse gracias a ambos. Su mujer le reprochaba a menudo su incapacidad para conseguirles un sustento adecuado, y sus hijos andaban a menudo desnudos y hambrientos. Pero, aunque pobre, era un buen hombre. Era diligente en lo tocante a sus devociones y no hubo un solo día de su vida en el que no rezara sus oraciones a horas determinadas. Su deidad tutelar era la diosa Durga, consorte de Shiva, la Energía creadora del Universo. Ningún día bebía agua o probaba alimento sin haber escrito en tinta roja el nombre de Durga al menos ciento ocho veces; mientras que, a lo largo del día, pronunciaba incesantemente la siguiente jaculatoria: «¡Oh, Durga! ¡Oh, Durga!, apiádate de mí». Cuando se sentía angustiado debido a su pobreza y a su incapacidad para mantener a su esposa e hijos, gimoteaba: «¡Durga! ¡Durga! ¡Durga!».

Un día, estando muy triste, fue a un bosque situado a muchos kilómetros de distancia de la aldea en la que vivía, y entregado a su dolor, vertió lágrimas amargas. Rezó de la siguiente manera:

—¡Oh, Durga! ¡Oh, madre Bhagavati! ¿No pondrás fin a mi miseria? Si estuviera solo en el mundo, no me sentiría triste por causa de la pobreza; pero tú me has dado esposa e hijos. Dame pues, oh, Madre, los medios para mantenerlos.

Sucedió que aquel día y en aquel mismo lugar el dios Shiva y su esposa Durga daban su paseo matutino. La diosa Durga, al ver a lo lejos al Brahmán, dijo a su divino esposo:

—¡Oh, Señor de Kailas! ¿Ves a ese brahmán? Él siempre lleva mi nombre en sus labios y me ofrece la oración para que yo lo libere de sus problemas. ¿No podemos, mi señor, hacer algo por ese pobre brahmán, agobiado como está por las preocupaciones de una familia en crecimiento? Deberíamos darle lo suficiente para que viva con holgura. Como el pobre hombre y su familia nunca tienen suficiente para comer, te propongo que le des un *handi*[1], que debería proporcionarle un suministro inagotable de *mudki*[2].

El señor de Kailas aceptó de buen grado la propuesta de su divina consorte y, dando una orden directa, creó en el acto un *handi* que poseía la cualidad requerida. Durga entonces, reclamando al Brahmán a su presencia, dijo:

—¡Oh, brahmán! A menudo he pensado en tu lamentable situación. Tus repetidas plegarias han acabado por despertar mi compasión. Aquí tienes un *handi*. Cuando lo pongas boca abajo y lo agites, derramará una lluvia incesante del más fino *mudki*, que no terminará hasta que devuelvas el *handi* a su posición correcta. Tú, tu mujer y tus hijos podréis comer todo el *mudki* que queráis, y también podréis vender todo el que gustéis.

El Brahmán, encantado de haber obtenido un tesoro tan inestimable, rindió pleitesía a la diosa y, cogiendo el *handi* en sus manos, se dirigió a su casa tan rápido como le permitían sus piernas. Pero no había recorrido muchos metros cuando pensó en probar la eficacia del maravilloso recipiente. Puso el *handi* boca abajo y lo agitó y ¡hete aquí que una cantidad del mejor *mudki* que jamás había visto cayó al suelo!

---

[1] El *handi* es una olla de barro, que por lo habitual se utiliza para cocinar alimentos.
[2] El *mudki* es arroz frito, cocinado en melaza o azúcar.

Envolvió el dulce en su manto y siguió caminando. Era ya mediodía, y el Brahmán tenía hambre; pero no podía comer sin realizar antes sus abluciones y sus oraciones. Como vio en el camino una posada, y no lejos de ella un estanque, se propuso detenerse allí para poder bañarse, rezar sus oraciones y luego comer el tan deseado *mudki*. Nuestro Brahmán se sentó en la tienda del posadero, puso el *handi* cerca de él, fumó tabaco, se embadurnó el cuerpo con aceite de mostaza y, antes de bañarse en el estanque adyacente, entregó el al posadero, rogándole una y otra vez que lo cuidara sobremanera.

Cuando el Brahmán fue a bañarse y a entregarse a sus devociones, al posadero le pareció extraño que aquel hombre prestase tanta atención en cuanto a la seguridad de su vasija de barro. Debía de haber algo valioso en el , pensó; porque, de lo contrario, ¿por qué el brahmán se preocupaba tanto por el mismo? Empujado por la curiosidad, abrió el *handi* y, para su sorpresa, descubrió que no contenía nada. «¿Qué puede significar esto?», pensó el posadero para sus adentros. ¿Por qué iba a preocuparse tanto el brahmán por un *handi* vacío? Tomó la vasija y comenzó a examinarla cuidadosamente; y cuando, en el curso del examen, volteó el *handi*, una cantidad del más fino *mudki* cayó del mismo, y siguió cayendo sin interrupción. El posadero llamó a su mujer y a sus hijos para que presenciaran este inesperado golpe de suerte. Las lluvias de arroz frito azucarado fueron tan copiosas que llenaron todas las vasijas y jarras del posadero. Decidió apropiarse de aquel precioso y, en consecuencia, puso en su lugar otro *handi* del mismo tamaño y factura. Terminadas las abluciones y devociones del Brahmán, llegó al comercio con la ropa mojada, recitando textos sagrados de los Vedas. Tras embutirse en ropa seca, escribió en una hoja de papel el nombre de Durga ciento ocho veces con tinta roja; después de eso rompió su ayuno gracias al *mudki* que su *handi* ya le había dado. Así refrescado, y a punto de reanudar su viaje de vuelta a casa, pidió su *handi*, que el posadero le entregó, añadiendo:

—Aquí tiene, señor, su *handi* ; está justo donde lo puso; nadie lo ha tocado.

El Brahmán, no sospechando nada, cogió el *handi* y prosiguió su camino; y mientras caminaba, se felicitaba por su singular buena suerte. «¡Cómo se alegrará mi pobre esposa! ¡Con cuánta avidez devorarán los niños el *mudki* de fabricación celestial! Pronto me haré rico, y andaré con la cabeza tan alta como el que más». Las penas del viaje se vieron considerablemente aliviadas por aquellas alegres expectativas. Llegó a su casa y, llamando a su mujer y a sus hijos, les dijo:

—Mirad lo que he traído. Este *handi* que veis es una fuente inagotable de riqueza y satisfacción. Ya veréis cómo mana de él un torrente del mejor *mudki*, cuando lo ponga boca abajo.

La buena esposa del Brahmán, al oír que del *handi* caía *mudki* sin cesar, pensó que su marido debía de haberse vuelto loco; y se vio confirmada en su opinión cuando comprobó que del recipiente no caía nada a pesar de que él lo puso boca abajo una y otra vez. Abrumado por el dolor, el Brahmán llegó a la conclusión de que el posadero debía de haberle jugado una mala pasada; debía de haberle robado el que Durga le había dado y haber puesto uno común en su lugar. Al día siguiente, regresó para verse las caras con el posadero y le acusó de haberle cambiado el *handi* . El posadero montó en cólera, se mostró sorprendido por la insolencia del Brahmán al acusarle de robo y le echó de su tienda.

El Brahmán pensó entonces en entrevistarse con la diosa Durga, que le había dado el *handi*, y se dirigió al bosque donde se había encontrado con ella. Shiva y Durga favorecieron de nuevo al Brahmán con una entrevista. Durga dijo:

—Así que has perdido el *handi* que te di. Aquí tienes otro, cógelo y haz buen uso de él.

El Brahmán, rebosante de alegría, hizo reverencias a la pareja divina, cogió el recipiente y siguió su camino. No había ido muy lejos cuando lo puso boca abajo y lo agitó para ver si caía de él algún *mudki*. Horror de los horrores: en lugar de dulces, una veintena de demonios, de tamaño gigantesco y rostro sombrío, saltaron del *handi* y comenzaron a atormentar al atónito Brahmán con golpes, puñetazos y patadas. Él tuvo la suficiente presencia de ánimo como para levantar el *handi* y cubrirlo, y entonces los demonios desaparecieron de inmediato. Llegó a la conclusión de que el nuevo *handi* se lo habían dado solo para engañar al posadero. En consecuencia, fue a ver al posadero, le entregó el nuevo y le rogó que lo guardara cuidadosamente hasta que volviera de sus abluciones y oraciones.

El posadero, encantado con este segundo regalo de Dios, llamó a su mujer y a sus hijos y les dijo:

—Este es otro *handi* que ha traído aquí el mismo brahmán que trajo el *handi* de *mudki*. Esta vez espero que no sea *mudki*, sino *sandesa*[3]. Venid, preparaos con cestas y vasijas, y yo pondré el boca abajo y lo agitaré.

Apenas hizo tal cosa, surgieron decenas de feroces demonios, que se apoderaron del posadero y su familia y los maltrataron sin piedad. También empezaron a revolver la tienda, y la habrían destruido por completo, si las víctimas no hubieran suplicado al Brahmán, que para entonces había regresado de sus abluciones, que se apiadara de ellos y alejara a los terribles demonios. El Brahmán accedió a la petición del posadero, despidió a los demonios cerrando la vasija, cogió el antiguo *handi*, y con los dos *handis* ya en su poder se dirigió a su aldea natal.

Al llegar a casa, el Brahmán cerró la puerta, dio la vuelta al *handi* de *mudki* y lo agitó; el resultado fue un incesante chorro del mejor *mudki* que pudiera producir cualquier pastelero del país. El hombre, su mujer y sus hijos devoraron el dulce hasta saciarse; todas las ollas y cacerolas de barro de la casa quedaron colmadas del mismo, y al día siguiente el Brahmán decidió convertirse en confitero, abrir una tienda en su casa y vender *mudki*.

El mismo día en que abrió la tienda, todo el pueblo acudió a la casa del Brahmán para comprar el delicioso *mudki*. Nunca habían visto un *mudki* igual en su vida, tan dulce, tan blanco, tan grande, tan delicioso. Ningún confitero en aquel pueblo o en ciudad alguna del país había fabricado nunca nada parecido.

La reputación del *mudki* del Brahmán se extendió, en pocos días, más allá de los límites de la aldea, de forma que la gente acudía desde lugares remotos para comprarlo. Todos los días se vendían carretadas del dulce y, en poco tiempo, el Brahmán se hizo muy rico. Se construyó una gran casa de ladrillo y vivió como un noble del lugar.

Una vez, sin embargo, su propiedad estuvo a punto de naufragar y arruinarse. Un día, sus hijos agitaron por error el equivocado, cuando un gran número de demonios descendieron y se apoderaron de la mujer y los hijos del Brahmán y los golpearon sin piedad, y menos mal que, por suerte, el Brahmán entró en la casa y levantó el *handi*.

---

[3] Una especie de dulce hecho de cuajada y azúcar.

Para evitar una catástrofe similar en el futuro, el Brahmán encerró el *handi* de los demonios en una habitación privada a la que sus hijos no tenían acceso.

La prosperidad completa e interminable, sin embargo, no es lo que el destino depara a los mortales; y aunque el *handi* de los demonios estaba dado de lado, ¿qué seguridad había de que no ocurriera un accidente con el *handi* del *mudki*?

Un día, durante la ausencia del Brahmán y su esposa de la casa, los niños decidieron sacudir el *handi*; pero como cada uno de ellos deseaba disfrutar del placer de sacudirlo, hubo una lucha generalizada por conseguirlo y, en la trifulca, el *handi* cayó al suelo y se rompió. Huelga decir que el Brahmán, al llegar a casa y enterarse del desastre, se entristeció enormemente. Por supuesto que los niños fueron azotados a fondo, pero ninguna azotaina a los niños podía reemplazar el *handi* mágico. Al cabo de unos días se dirigió de nuevo al bosque y rezó muchas oraciones para pedir el favor de Durga.

Por fin, Shiva y Durga se le aparecieron de nuevo y oyeron cómo se había roto el *handi*. Durga le entregó otro, acompañado de la siguiente advertencia:

—Brahmán, cuida bien de este *handi*; porque, si vuelves a romperlo o a perderlo, no te daré otro.

El Brahmán hizo una reverencia y se marchó a su casa sin detenerse. Al llegar, cerró la puerta de su casa, llamó a su mujer, puso el *handi* boca abajo y empezó a agitarlo. Esperaban que cayera *mudki*, pero en lugar de *mudki* cayó un torrente inagotable de hermosa *sandesa*. ¡Y qué *sandesa*! Ningún pastelero del Burra Bazar [4] la había hecho jamás igual. Era más alimento de los dioses que de los hombres. Inmediatamente, el Brahmán abrió una tienda para vender la *sandesa*, cuya fama pronto atrajo a multitudes de clientes de todas partes del país. En todos los festivales, en todas las bodas, en todos los funerales, en todas las *Pujas* [5], nadie compraba otra *sandesa* que la del Brahmán. Todos los días, y a todas horas, se enviaban a todas las partes del país multitud de jarras de tamaño gigantesco llenas del delicioso dulce.

---

[4] Gran mercado situado en el centro de Calcuta (*N. del T.*).
[5] Ceremoniales hindúes en honor de alguna deidad (*N. del T.*).

La riqueza del Brahmán despertó la envidia del zemindar de la aldea, quien, tras enterarse de que la *sandesa* no se fabricaba, sino que brotaba de un *handi*, ideó un plan para apoderarse del recipiente milagroso. Con motivo de la boda de su hijo, organizó una gran fiesta a la que invitó a cientos de personas. Como se necesitarían muchas montañas de *sandesa*, el zemindar[6] propuso que el Brahmán llevara el *handi* mágico a la casa donde se celebraría el banquete.

Al principio, el Brahmán se negó a llevarlo hasta allí, pero como el zemindar insistió en que se lo llevara a su propia casa, consintió a regañadientes en hacerlo así. Después de haber hecho surgir muchos Himalayas de *sandesa*, el zemindar se apoderó del *handi*, y al Brahmán lo insultaron y lo expulsaron de la casa. El Brahmán, sin dar rienda suelta a su ira en lo más mínimo, se fue tranquilamente a su casa y, con el *handi* de los demonios en la mano, volvió a la puerta de la casa del zemindar. Puso el *handi* boca abajo y lo agitó, con lo que un centenar de demonios surgieron de las profundidades y representaron una escena imposible de describir. Los centenares de invitados al banquete fueron apresados por los visitantes sobrenaturales y golpeados; las mujeres fueron arrastradas por los cabellos desde la *zenana*[7] y arrojadas entre los hombres, mientras que el corpulento zemindar se veía arrastrado de una habitación a otra como un fardo de algodón. Si se hubiera permitido a los demonios hacer su voluntad solo unos minutos más, todos los hombres habrían muerto y la casa habría sido arrasada.

El zemindar se postró a los pies del Brahmán y suplicó clemencia. El segundo le brindó su misericordia y los demonios desaparecieron. Después de esto, el Brahmán no volvió a ser molestado por el zemindar, ni por nadie más, y vivió muchos años con gran felicidad y disfrute.

---

[6] Terrateniente (*N. del T.*).
[7] Parte de la casa reservada a las mujeres (*N. del T.*).

EL BRAHMÁN INDIGENTE

99

Así termina mi historia.

El retoño de Natiya se marchita;

¿Por qué, oh retoño de Natiya, te marchitas?

¿Por qué tu vaca hojea sobre mí?

¿Por qué, oh vaca, navegas?

¿Por qué tu vaquero no me cuida?

¿Por qué, oh vaquero, no cuidas de la vaca?

¿Por qué tu nuera no me da arroz?

¿Por qué, oh nuera, no le das arroz?

¿Por qué llora mi hijo?

¿Por qué, oh niño, lloras?

¿Por qué me pica la hormiga?

¿Por qué, oh hormiga, le muerdes?

¡Koot! ¡Koot! ¡Koot!

EL REY Y LOS BANDIDOS

Punjab

En tiempos antiguos, reyes y príncipes solían complacerse en disfrazarse y recorrer las calles de sus ciudades, tanto en busca de aventuras como para conocer las costumbres y opiniones de sus súbditos.

Una noche, el famoso sultán Mahmoud de Ghuzni se disfrazó y, asumiendo el papel de un ladrón, salió a las calles. Allí se encontró con una banda de célebres bandidos y, uniéndose a su compañía, se presentó como un villano desesperado, diciendo:

—Si vosotros sois ladrones, yo también lo soy; así que vayamos a probar fortuna juntos.

Todos estuvieron de acuerdo.

—Así sea —dijeron—; pero antes de partir, vamos a establecer comparaciones, y veamos quién posee las mejores bazas para el negocio que tenemos entre manos, y que sea él nuestro capitán.

—Mi punto fuerte —dijo uno— está en el oído. Puedo distinguir y entender el habla de perros y lobos.

—El mío —dijo el siguiente— son mis manos, con las que tengo tanta práctica que puedo arrojar una cuerda hasta la cúspide de las casas más altas.

—Y el mío —dijo otro— es la fuerza de mi brazo. Puedo abrirme paso a través de cualquier muro, por muy robusto que este sea.

—Mi principal punto fuerte —dijo el cuarto— está en mi sentido del olfato. Muéstrame una casa y te revelaré si es rica o pobre, si está llena o vacía.

—Y el mío —dijo el quinto ladrón— es mi agudeza visual. Si me encuentro con un hombre en la noche más oscura puedo reconocerlo y señalarlo de día.

El rey tomó ahora la palabra y dijo:

—Mi punto fuerte es mi barba. Solo tengo que menear mi barba, y un hombre condenado a la horca es liberado inmediatamente.

—¡Entonces tú serás nuestro capitán! —gritaron todos los ladrones a la vez—, ya que la horca es lo único a lo que tememos.

Así que el rey fue elegido por unanimidad como líder, y los seis compinchados se pusieron en marcha. La casa que acordaron asaltar aquella noche era el palacio del rey. Cuando llegaron al pie de los muros, un perro salió de repente y empezó a ladrar.

—¿Qué está diciendo? —preguntó uno.

—El perro dice —repuso el ladrón del oído fino— que el rey en persona es uno de los nuestros.

—Entonces el perro miente —respondió el otro—, porque eso no puede ser.

El ladrón que era tan hábil con las manos lanzó una escalera de cuerda que se enganchó a un balcón elevado y permitió al grupo subir a lo alto de una de las casas.

—¿Hueles algo de dinero aquí? —dijo uno al ladrón que alardeaba de excelente olfato.

El hombre se puso a olfatear por todo el tejado, y al fin dijo:

—Esta debe de ser la habitación de una pobre viuda, porque no hay ni oro ni plata en el lugar. Sigamos adelante.

Los ladrones se arrastraron ahora cautelosamente a lo largo de las techumbres planas de las casas hasta que llegaron a una imponente pared, ricamente tallada y pintada, y el ladrón del agudo olfato comenzó a olfatear de nuevo.

—¡Ah! —exclamó—, ¡hemos llegado! Esta es la casa del tesoro del rey. Eh, Brazo Fuerte, ¡ábrenos un camino!

El ladrón del brazo fuerte procedió entonces a derribar la madera y las piedras, hasta que por fin perforó el muro y logró entrar en la casa. El resto de la banda no tardó en seguirle, y su búsqueda se vio recompensada por los cofres llenos de oro que encontraron allí, y que sacaron por la abertura y se llevaron. Bien cargados, todos juntos, de común acuerdo, se dirigieron a uno de sus refugios favoritos, donde se repartieron el botín, recibiendo el rey su parte junto con el resto, al tiempo que se informaba de los nombres de los ladrones y de sus lugares de residencia. Después de haberlo hecho, como la noche estaba muy avanzada, se separaron, y el rey regresó solo a su palacio.

A la mañana siguiente se descubrió el robo y los oficiales de justicia lanzaron proclamas por toda la ciudad. Pero el rey, sin decir palabra, se dirigió a su salón de audiencias, donde tomó asiento como de costumbre. Se dirigió luego a su ministro y le ordenó que enviara a detener a los ladrones.

—Ve a tal o cual calle —decía—, en el barrio bajo de la ciudad, y allí encontrarás la casa. Aquí están los nombres de los delincuentes. Que sean llevados ante el juez y sentenciados, y luego preséntalos aquí.

El ministro abandonó sin demora su presencia y, llevando consigo a algunos asistentes, se dirigió con toda prontitud a la calle en cuestión, donde encontró y arrestó a los ladrones, y los llevó ante el juez. Como las pruebas de su culpabilidad eran concluyentes, hicieron una confesión completa e imploraron clemencia, pero el juez los condenó a todos a la horca y los envió ante el rey. En cuanto comparecieron, el rey los miró con severidad y les preguntó qué tenían que alegar como atenuante para que no se ejecutara su sentencia. Entonces todos empezaron a excusarse, excepto aquel cuyo don especial era reconocer de día a aquellos con quienes se había encontrado de noche. Él, mirando fijamente al rey, gritó, para sorpresa de sus compañeros:

—Ha llegado el momento de menear la barba.

El rey, al oír sus palabras, agitó gravemente la barba como señal de que los verdugos debían retirarse, y tras reírse a carcajadas de sus casuales conocidos de la noche anterior, los agasajó, les hizo una buena advertencia y les devolvió la libertad.

—La moraleja de esta historia —continuó el narrador— es la siguiente: el mundo entero está en tinieblas. En el último día, ninguna facultad, por fuerte que sea, será de utilidad al hombre, excepto aquella que le permita discernir a Dios mismo.

EL BRAHMÂRAKSHASA

Tamil Nadu

En cierta aldea del país de Śeṅgaliṇîrppaṭṭu[1] vivía un brahmán que se ganaba la vida con las limosnas que recogía diariamente, por lo que se hallaba en circunstancias de extrema pobreza. La pobreza, de hecho, puso sus garras en él con tal fuerza, que quiso marcharse a Benarés. Dependiendo, como de costumbre, de lo que la caridad le proporcionase a lo largo del camino, partió con las provisiones suficientes para un solo día, atadas en un fardo.

Cuando aún le faltaban cuatro *ghaṭikâs* para la puesta del sol, se había acercado a un despoblado selvático, que también era largo y ancho, y estaba salpicado de pequeñas aldeas aquí y allá. Después de recorrerlo durante más de cuatro *ghaṭikâs*, llegó a un esplendoroso estanque justo cuando se ponía el sol. Un brahmán nunca debe renunciar a sus abluciones, por lo que se acercó a aquel estanque para lavarse las manos y las piernas, hacer sus oraciones y comer lo poco que contenía su hatillo. En cuanto metió el pie en el agua oyó una voz que le gritaba:

—¡No metas el pie en esta agua!

Miró a su alrededor y no descubrió nada, por lo que, sin hacer caso de la invectiva, se lavó las manos y los pies, y se sentó a realizar su *sandhyâvandana* o adoración vespertina, cuando de nuevo oyó una voz:

---

[1] *Śeṅgaliṇîrppaṭṭu* significa «la tierra del lirio azul», ahora convertida en Chingleput por corrupción del término.

—¡No lleves a cabo tu *sandhyâvandana*! ¡No tienes permiso para ello!

Por segunda vez, no prestó atención a la voz, sino que prosiguió con sus oraciones, y cuando las hubo terminado, abrió su hatillo de comida. En cuanto empezó a comer, volvió a oírse la misma voz, pero el brahmán no le prestó atención y terminó su comida. Luego, levantándose, prosiguió su camino, a fin de llegar, si era posible, a una aldea en la que pasar la noche. Apenas había avanzado un paso, cuando de nuevo la misma voz le prohibió continuar.

Habiéndosele prohibido así cuatro veces, el Brahmán tomó por fin la palabra con audacia y dijo:

—¿Quién eres tú, miserable? Y ¿por qué me prohíbes así toda acción razonable?

Le respondió una voz desde un árbol *pîpal*, por encima de su cabeza:

—Soy un *Brahmarâkshasa*, llamado Gânapriya[2] . En mi vida anterior fui un brahmán, y aprendí todas las complejidades de la música, pero no estaba dispuesto a impartir a otros los conocimientos tan duramente adquiridos. Paramêśvara se disgustó tanto conmigo, que me convirtió en *Brahmarâkshasa* en esta vida[3], e incluso a día de hoy parece que su ira no se ha aplacado. A un cuarto de *ghatikâ* de este lugar hay un templo en ruinas, en el que se practica el *pûjâ* (culto) de un modo muy tosco, y durante la ceremonia un gaitero toca una flauta *nâgasvara* de un modo tan torpe, que me causa la mayor de las mortificaciones escucharle. Mi única esperanza de escapar es que un brahmán me rescate de este árbol. Eres el primer brahmán que he encontrado en este baldío, y he adelgazado bastante por el disgusto que me causa oír a ese torpe flautista día tras día. ¡Si continúo mucho tiempo más en este árbol, acabaré muerto!

Así que apiádate de mi situación, te lo ruego, y llévame a algún árbol a cinco o seis *ghatikâ*s de distancia de este lugar, y déjame en paz allí, para que yo pueda estar fuera del alcance de ese horrible flautista y recuperarme un poco. A cambio exígeme el don que quieras, que yo te lo concederé.

---

[2] Significa simplemente «amante de la música».

[3] Es una creencia común entre los hindús, especialmente entre los brahmanes, que aquel que no dispensa con liberalidad su conocimiento a otros, renace en la siguiente vida como una especie de demonio llamado Brahmarâkshasa.

Así habló el *Brahmarâkshasa*, y por su misma voz el Brahmán pudo constatar su fortaleza en declive. Le respondió:

—Soy un brahmán extremadamente pobre y, si me prometes arreglar mi condición y hacerme rico, te trasladaré a una buena distancia, a donde el sonido del *nâgasvara* cascado nunca más te dañe los oídos.

El *Brahmarâkshasa* se lo pensó durante unos *nimishas* y respondió así:

—Santo brahmán, toda persona debe sufrir lo que Brahma le asigna en este mundo. Para ti, el destino ha decretado cinco años más de pobreza, pasados los cuales iré a poseer a la princesa de Maisûr, y ninguno de los encantamientos que los magos eruditos puedan pronunciar contra mí me expulsará de ella, hasta que te hayas presentado ante el rey de Maisûr y le hayas prometido librarla de mí. Él te prometerá amplias recompensas, y tú deberás comenzar entonces la cura y yo saldré de ella. El rey se alegrará y te concederá diversas regalías que te harán feliz. Pero, después de eso, no debes visitar ningún lugar en el que yo pueda estar. Puede ser que posea a varias princesas, pero si vas allí con la intención de curarlas, te quitaré la vida de un solo golpe. ¡Advertido quedas!

Así habló el *Brahmarâkshasa*, y el brahmán estuvo de acuerdo con todas las condiciones, de forma que lo trasladó a otro árbol *pîpal*, a siete *ghatikâs* de distancia de la que era su morada entonces. El otro encontró cómodo su nuevo hogar, y dejó que el Brahmán prosiguiera su camino hacia el norte, hasta Benarés, a donde llegó en seis meses.

Durante cinco años vivió en el *Hanumanta Ghatta* en Benarés, haciendo abluciones para así purificarse de todos sus pecados. Luego, pensando en la promesa del *Brahmarâkshasa*, regresó hacia el sur y, después de viajar durante cinco meses, llegó a Maisûr, donde se alojó en casa de una anciana y preguntó las noticias del día.

Díjole ella:

—Hijo mío, la princesa de este país, que es hija única del rey, está poseída por un demonio furioso desde hace cinco meses, y todos los exorcistas de Jambûdvîpa han probado su habilidad con ella, pero sin obtener resultados. Aquel que la cure se convertirá en el dueño de una inmensa fortuna.

Así habló la anciana, para secreta alegría del Brahmán, al constatar este el fiel cumplimiento de su promesa por parte del Brahmarâkshasa. Se bañó y tomó apresuradamente su comida, y luego se presentó en el *darbâr* aquel mismo día. El rey le prometió varias aldeas y cargas enteras de elefantes de moaré si la curaba.

Con estas condiciones acordadas, comenzó sus pretendidos exorcismos, y al tercer día pidió a todas las personas reunidas que desalojaran la habitación en la que estaba sentada la princesa poseída. Luego explicó a su amigo el *Brahmarâkshasa*, que ahora la poseía, que él era el brahmán que le había ayudado en el bosque cinco años antes. El demonio se alegró mucho de reencontrarse con su viejo amigo y, deseándole prosperidad y advirtiéndole que no volviera nunca más a ningún otro lugar donde pudiera ir él a refugiarse, se despidió. La princesa volvió a ser la de antes y el Brahmán, colmado de riquezas y tierras, se estableció en Maisûr.

Se había ganado así un nombre como exorcista, y ahora cultivaba esa ciencia en secreto, de modo que pronto se convirtió en un maestro de la misma, y en todo el país se hizo famoso como maestro de la magia. También se convirtió en el favorito del rey de Maisûr, y se casó con una hermosa brahmanî, con la que tuvo tres hijos. Así pasaron diez años.

Mientras tanto, el *Brahmarâkshasa*, después de recorrer varios lugares, se dirigió al país de Tiruvanandapuram (Trivandrum) y poseyó a la princesa de Travancore. Acudieron a muchos maestros de la magia, pero sin resultado. Al cabo del tiempo, los rumores sobre el maestro mago de Maisûr llegaron a oídos del rey de Tiruvanandapuram. Inmediatamente, escribió al maharajá de Maisûr, que mostró la carta al brahmán. La invitación fue un golpe mortal para nuestro héroe, pues si se negaba a ir perdería su buen nombre y el favor de su rey, y si iba, perdería la vida. Prefirió esta última alternativa, y enseguida redactó un testamento, dejando sus bienes a sus hijos y encomendándolos a buenos amigos. Luego partió de Maisûr hacia Tiruvanandapuram, adonde llegó después de un mes de viaje. El rey había dispuesto de tal modo su comodidad que realizó el viaje con aparente facilidad: ¡pero su corazón latía angustiado!

Llegó a Tiruvanandapuram y trató de posponer sus exorcismos por una u otra razón durante un breve periodo de tiempo, pero el rey estaba resuelto a ponerle a prueba. Así que le pidieron que no dejara piedra sin remover para lograr la curación perfecta de la princesa. Ya no tenía esperanzas en este mundo, y pensando que sus días estaban contados, emprendió la curación. Como de costumbre, fingió unos días con sus conjuros, pero pensó: «Después de todo, ¿de qué me sirve prolongar así mis miserias, ya que está dispuesto que debo morir? Cuanto antes acabe con ellas, mejor». Así que, con la voluntad decidida de caer ante el golpe del *Brahmarâkshasa*, entró en la cámara en la que estaba sentada la princesa, pero justo al entrar le vino un pensamiento a la mente y dijo lleno de audacia:

—¿Vas a abandonarla ahora, *Brahmarâkshasa*, o traigo enseguida al flautista del templo en ruinas cercano al bosque, que está esperando fuera?

Apenas el nombre del torpe gaitero llegó a los oídos del *Brahmarâkshasa*, arrojó el largo palo que tenía en la mano para golpear con él al brahmán, y cayó a sus pies, diciendo:

—¡Hermano brahmán, ni siquiera miraré atrás, sino que huiré de inmediato, si tan solo no vuelves a ponerme ante ese flautista!

—De acuerdo —convino nuestro héroe, y Gânapriya desapareció.

Por supuesto, nuestro héroe fue más que recompensado por su éxito y se hizo doblemente famoso en todo el mundo como maestro mago.

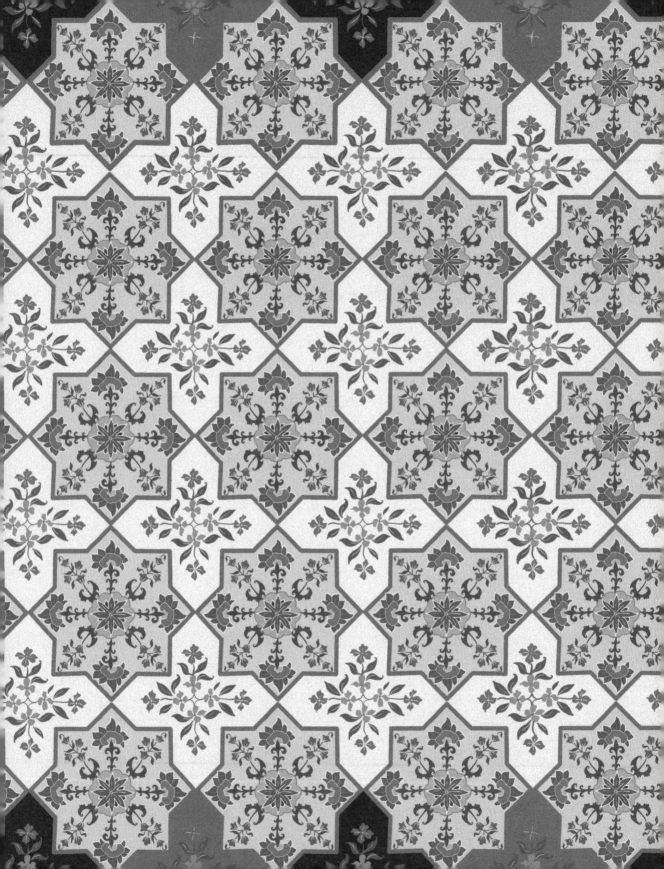

Vida y Muerte

EL SECRETO DE LA VIDA

Bengala

Había una vez un rey que tenía dos reinas, Duo y Suo[1]. Ninguna de las dos tenía hijos.

Cierto día, un faquir (mendigo) llegó a la puerta del palacio para pedir limosna. La reina Suo acudió a la puerta con un puñado de arroz. El mendigo le preguntó si tenía hijos. Al recibir una respuesta negativa, el santo mendigo se negó a recibir limosna, ya que las manos de una mujer que no había tenido hijos se consideraban ceremonialmente impuras. Le ofreció un medicamento para eliminar su esterilidad y, cuando ella le expresó la voluntad de recibirlo, él se lo entregó con las siguientes instrucciones:

—Toma esta pócima, ingiérela con el jugo de la flor de la granada; si así lo haces, tendrás un hijo a su debido tiempo. El hijo será muy guapo, y su tez será del color de la flor de la granada; y lo llamarás Dalim Kumar[2] . Como los enemigos tratarán de quitarle la vida a tu hijo, también puedo decirte que la vida del niño estará ligada a la vida de un gran pez *boal* que está en tu estanque, frente al palacio. En el corazón del pez hay una pequeña caja de madera, en la caja hay un collar de oro y ese collar es la vida de tu hijo. Adiós.

---

[1] Los reyes, en los cuentos populares bengalíes, tienen invariablemente dos reinas: la mayor se llama *duo*, es decir, «no amada»; en tanto que la menor se llama *suo*, es decir, «amada».
[2] *Dalim* o *dadimba* significa «granada», y *kumara*, «hijo».

Al cabo de un mes, más o menos, corrió el rumor por palacio de que la reina Suo tenía esperanzas de tener un heredero. Grande fue la alegría del rey. Las visiones de un heredero al trono, y de una sucesión interminable de poderosos monarcas perpetuando su dinastía hasta las últimas generaciones, flotaban ante su mente y le colmaron de alegría como nunca antes en su vida.

Las ceremonias habituales en tales ocasiones se celebraron con gran pompa y los súbditos manifestaron en voz alta su alegría ante la expectativa de un acontecimiento tan auspicioso como el nacimiento de un príncipe. Con el tiempo, la reina Suo dio a luz a un hijo de una belleza poco común. Cuando el rey vio por primera vez la cara del niño, su corazón saltó de alegría. La ceremonia del primer arroz del niño se celebró con extraordinaria pompa, y todo el reino se llenó de alegría.

Con el tiempo, Dalim Kumar se convirtió en un muchacho estupendo. De todos los deportes, el que más le gustaba era el de jugar con palomas. Esto lo puso en contacto frecuente con su madrastra, la reina Duo, a cuyas dependencias las palomas de Dalim tenían la costumbre de volar siempre.

La primera vez que las palomas entraron en sus habitaciones, se las entregó a su dueño, pero la segunda vez lo hizo con cierta reticencia.

El hecho es que la reina Duo, al darse cuenta de que las palomas de Dalim tenían la feliz costumbre de entrar volando en sus aposentos, quiso aprovecharse de ello para sus propios fines egoístas. Por supuesto que odiaba al niño, ya que el rey, desde el nacimiento de este, la descuidaba más que nunca, e idolatraba a la afortunada madre de Dalim.

Había oído, no se sabe cómo, que el santo mendicante que había dado la famosa pócima a la reina Suo también le había contado un secreto relacionado con la vida del niño. Había oído que la vida del niño estaba ligada a algo, aunque no sabía a qué. Decidió arrancarle ese secreto al niño. Por eso, la siguiente vez que las palomas volaron a su habitación, se negó a entregarlas, dirigiéndose al niño así:

—No te entregaré las palomas a menos que me digas una cosa.

Dalim. —¿Qué cosa, mamá?

Duo. —Nada en particular, querido; solo que me gustaría saber en dónde está tu vida.

Dalim. —¿Qué es eso que dices, mamá? ¿Dónde puede estar mi vida sino en mí?

Duo. —No, niño; no es eso a lo que me refiero. Un santo mendicante le dijo a tu madre que tu vida está ligada a algo. Quiero saber qué es eso.

Dalim. —Nunca he oído hablar de tal cosa, mamá.

Duo. —Si prometes preguntar a tu madre en dónde reside tu vida, y si me cuentas lo que diga tu madre, entonces te dejaré tener las palomas; de lo contrario, no.

Dalim. —Muy bien, preguntaré y te lo haré saber. Ahora, por favor, dame mis palomas.

Duo. —Te las daré con una condición más. Prométeme que no le dirás a tu madre que quiero la información.

Dalim. —Te lo prometo.

La reina Duo soltó a las palomas, y Dalim, exultante por encontrar de nuevo a sus queridos pájaros, olvidó cada sílaba de la conversación que había mantenido con su madrastra. Al día siguiente, sin embargo, las palomas volaron de nuevo a las habitaciones de la reina Duo.

Dalim fue a ver a su madrastra, que le pidió la información requerida. El muchacho prometió preguntarle a su madre ese mismo día, y rogó encarecidamente que le entregara las palomas. Por fin, las palomas le fueron devueltas. Después de jugar, Dalim fue a ver a su madre y le dijo:

—Mamá, por favor, dime en dónde está mi vida.

—¿Qué quieres decir, niño? —inquirió la madre, asombrada sin medida ante la extraordinaria pregunta del niño.

—Sí, mamá —respondió el niño—, he oído decir que un santo mendicante te dijo que mi vida está contenida en algo. Dime qué es esa cosa.

—Mi cachorrito, mi querido, mi tesoro, mi luna de oro, no hagas una pregunta tan poco propicia. Que la boca de mis enemigos se cubra de ceniza, y que mi Dalim viva para siempre —le contestó su madre, envarada.

Pero el niño insistió en conocer el secreto. Afirmó que no comería ni bebería nada a menos que se le diera la información. La reina Suo, presionada por el acoso de su hijo, en mala hora acabó por contar al niño el secreto de su vida. Al día siguiente, las palomas volaron de nuevo a las habitaciones de la reina Duo. Dalim fue a por ellas; la madrastra obsequió al niño con palabras almibaradas y le sacó el conocimiento del secreto.

La reina Duo, al conocer el secreto de la vida de Dalim Kumar, no se demoró a la hora de utilizarlo para llevar a cabo su malicioso plan. Ordenó a sus sirvientas que le llevasen unos tallos secos de cáñamo, que son muy quebradizos y que, al presionarlos, hacen un ruido peculiar, no muy distinto del crujido de las articulaciones de los huesos del cuerpo humano. Puso aquellos tallos de cáñamo debajo de su cama, sobre la que se acostó, y dio a entender que estaba peligrosamente enferma.

El rey, aunque no la quería tanto como a su otra reina, tenía el deber de visitarla en su enfermedad. La reina fingió que le crujían todos los huesos, y efectivamente, cuando se balanceaba de un lado a otro de la cama, los tallos de cáñamo hacían el ruido deseado. El rey, creyendo que la reina Duo estaba gravemente enferma, ordenó a su mejor médico que la atendiera. Y la reina Duo se confabuló con tal médico. El médico explicó al rey que para el mal de la reina solo había un remedio, que consistía en la aplicación externa de algo que se encontraba dentro de un gran pez *boal* que estaba en el estanque delante del palacio. En consecuencia, llamaron al pescador del rey y le ordenaron que capturara el *boal* en cuestión. Al primer lanzamiento de la red, pescó al pez.

Sucedió que Dalim Kumar, junto con otros niños, estaba jugando cerca del estanque. En el momento en que el pez *boal* quedó atrapado en la red, Dalim se sintió mal; y cuando llevaron el pez a tierra, Dalim cayó al suelo y dio la impresión de que estaba a punto de expirar. Inmediatamente, lo llevaron a la habitación de su madre, en tanto que el rey se quedaba atónito al enterarse de la repentina enferme-dad de su hijo y heredero. El pez fue llevado, por orden del médico, a la habitación de la reina Duo, y mientras yacía en el suelo, golpeando con sus aletas el suelo, a Dalim en la habitación de su madre le dieron por perdido. Al abrir el pez, se encon-tró un cofre en el que había un collar de oro.

En el momento en que la reina se puso el collar, en ese preciso instante, Dalim murió en la habitación de su madre.

Cuando el rey recibió la noticia de la muerte de su hijo y heredero, se sumergió en un océano de dolor, que no se vio disminuido en absoluto por la noticia de la recuperación de la reina Duo. Lloraba por su Dalim muerto con tanta amargura, que sus cortesanos temían una alteración permanente de sus facultades mentales. El rey no permitió que el cadáver de su hijo fuera enterrado o quemado. No podía entender la muerte de su hijo, tan repentina y sin causa alguna.

Ordenó que el cadáver fuera trasladado a una de sus casas-jardín, en los suburbios de la ciudad, y que allí lo velasen. Ordenó que se guardaran en aquella casa toda clase de provisiones, como si el joven príncipe las necesitara para comer. Ordenó también que la casa permaneciera cerrada día y noche, y que nadie entrara en ella, excepto el amigo más íntimo de Dalim, el hijo del primer ministro del rey, a quien se confió la llave de la casa, y que obtuvo el privilegio de poder acceder a ella una vez cada veinticuatro horas.

Como, debido a su gran pérdida, la reina Suo vivía retirada, el rey comenzó a pasar todas sus noches con la reina Duo. Esta, para disipar las posibles sospechas, solía guardar el collar de oro por la noche; y como los designios del destino eran que Dalim estuviera muerto solo durante el tiempo en que el collar se hallase alrededor del cuello de la reina, volvía a la vida cada vez que esta se despojaba del collar. De esa forma, Dalim revivía cada noche, cuando la reina Duo se quitaba el collar, y volvía a morir a la mañana siguiente, cuando se lo ponía. Cuando Dalim se reanimaba por la noche, comía todo lo que le apetecía, pues había abundante comida en la casa-jardín, paseaba por los alrededores y meditaba sobre la singularidad de su suerte. El amigo de Dalim, que lo visitaba tan solo durante el día, lo encontraba siempre tendido como un cadáver sin vida; pero lo que le llamó la atención, al cabo de algunos días, fue el hecho singular de que el cuerpo permaneciera en el mismo estado en que lo vio la primera vez que lo visitó. No había signos de putrefacción. Salvo que estaba sin vida y pálido, no se apreciaban síntomas de corrupción; aparentemente, estaba completamente fresco. Incapaz de explicar un fenómeno tan extraño, decidió observar el cadáver más de cerca y visitarlo no solo durante el día, sino a veces también por la noche. La primera noche que lo visitó se quedó estupefacto al ver a su amigo muerto paseando por el jardín. Al principio pensó que se trataba del fantasma de su amigo, pero al palparlo y examinarlo, descubrió que era de carne y hueso. Dalim relató a su amigo todas las circunstancias relacionadas con su muerte y ambos llegaron a la conclusión de que revivía por las noches debido a que la reina Duo se quitaba el collar cuando el rey la visitaba. Como la vida del príncipe dependía del collar, los dos amigos conferenciaron para tratar de idear, si era posible, algún plan que les permitiera apoderarse de él. Noche tras noche deliberaron juntos, pero no se les ocurría ningún plan factible. Sin embargo, por último, los dioses liberaron a Dalim Kumar de una manera maravillosa.

Algunos años antes de la época de la que estamos hablando, la hermana de Bidhata-Purusha[3] había dado a luz a una hija. La madre, inquieta, había preguntado a su hermano qué había escrito en la frente de su hija, a lo que Bidhata-Purusha respondió que debía casarse con un novio muerto. A pesar del dolor que le producía la perspectiva de un destino tan triste para su hija, pensó que era inútil discutir con su hermano, pues sabía muy bien que él nunca cambiaba lo que ya había escrito.

A medida que la niña crecía, se volvía muy hermosa, pero la madre no podía ver aquello con regocijo, debido al destino que le había deparado su divino hermano.

Cuando la muchacha llegó a la edad núbil, la madre resolvió huir del país con ella y evitarle así su terrible destino. Pero los decretos del destino no pueden anularse así como así. En el curso de sus andanzas, madre e hija llegaron a la puerta de la misma casa-jardín en la que yacía Dalim Kumar.

Era de noche. La chica dijo que tenía sed y quería beber agua. La madre dijo a su hija que se sentara en la puerta mientras ella iba a buscar agua potable en alguna choza vecina. Entretanto, la chica, movida por la curiosidad, empujó la puerta de la casa-jardín, que se abrió sola. Entró entonces y se encontró ante un hermoso palacio, y estaba queriendo salir cuando la puerta se cerró sola, de modo que no pudo hacerlo.

Al llegar la noche, el príncipe revivió y, paseando, vio una figura humana cerca de la puerta. Se acercó a ella y descubrió que se trataba de una muchacha de una belleza sobrecogedora. Al preguntarle quién era, ella contó a Dalim Kumar todos

---

[3] Bidhata-Purusha es la deidad que predetermina todos los acontecimientos de la vida del hombre o de la mujer, y escribe en la frente del niño, al sexto día de su nacimiento, una breve reseña de los mismos.

los detalles de su pequeña historia: cómo su tío, el divino Bidhata-Purusha, había escrito en su frente al nacer que se casaría con un novio muerto, cómo su madre no sentía ninguna alegría en su vida, ante la perspectiva de un destino tan terrible, y que por lo tanto, al llegar a la edad adulta, con el fin de evitar tan terrible catástrofe, había abandonado con ella su hogar para vagabundear por diversos lugares, y que habían llegado a la puerta de la casa del jardín y su madre había ido a buscar agua potable para ella. Dalim Kumar, al oír su sencilla y patética historia, dijo:

—Yo soy el novio muerto, y tú debes casarte conmigo; ven conmigo a la casa.

—¿Cómo puede decirse que eres un novio muerto cuando estás en pie y me hablas? —preguntó la muchacha.

—Lo comprenderás después —replicó el príncipe —; ahora, vamos, sígueme.

La muchacha siguió al príncipe al interior de la casa. Como había estado ayunando todo el día, el príncipe la agasajó con suma hospitalidad. En cuanto a la madre de la muchacha, hermana del divino Bidhata-Purusha, regresó entretanto a la puerta de la casa.

Cuando oscureció, salió de la casa del jardín, llamó a su hija a gritos y, al no obtener respuesta, se fue a buscarla a las cabañas de los alrededores. Se dice que después de esto no se la volvió a ver por ninguna parte.

Mientras la sobrina del divino Bidhata-Purusha disfrutaba de la hospitalidad de Dalim Kumar, su amigo, como de costumbre, hizo su aparición. Se sorprendió no poco al ver a la bella desconocida; y su sorpresa fue mayor cuando escuchó la historia de la joven de sus propios labios. Aquella misma noche se decidió unir a la joven pareja en matrimonio.

Como no se podía recurrir a los sacerdotes, se celebraron los ritos nupciales a la Gandharva[4]. El amigo del novio se despidió luego de los recién casados y se marchó a su casa.

Como la feliz pareja había pasado la mayor parte de la noche en vela, no despertaron de su sueño hasta mucho después de la salida del sol; aunque debería haber

---

[4] En los sastra hindúes se habla de ocho formas de matrimonio, una de las cuales es el Gandharva, que consiste en el intercambio de guirnaldas.

dicho que la joven esposa despertó de su sueño, porque el príncipe se había convertido en un cadáver frío, pues la vida le había abandonado.

Es fácil imaginarse los sentimientos de la joven esposa. Sacudió a su marido, imprimió cálidos besos en sus fríos labios, pero todo fue en vano. Estaba tan inerte como una estatua de mármol. Presa del horror, se aporreó el pecho, se golpeó la frente con las palmas de las manos, se mesó los cabellos y deambuló por la casa y el jardín como si se hubiera vuelto loca. El amigo de Dalim no entró en la casa durante el día, pues consideró impropio hacerle una visita mientras su marido yacía muerto. El día le pareció a la pobre muchacha tan largo como un año, pero incluso el día más largo tiene su fin y, cuando las sombras del atardecer descendían sobre aquel paraje, su difunto marido recobró el conocimiento; se levantó de la cama, abrazó a su desconsolada esposa, comió, bebió y se puso alegre. Su amigo hizo su aparición como de costumbre, y toda la noche transcurrió en alegría y fiesta.

En medio de esta alternancia de vida y muerte, pasaron el príncipe y su dama unos siete u ocho años, en el transcurso de los cuales la princesa regaló a su marido dos niños encantadores que eran la imagen exacta de su padre.

Huelga comentar que el rey, las dos reinas y otros miembros de la casa real no sabían que Dalim Kumar vivía, o que al menos vivía de noche. Todos pensaban que hacía tiempo que había muerto y que habían quemado su cadáver. Pero el corazón de la esposa de Dalim añoraba a su suegra, a la que nunca había visto.

Concibió un plan que le permitiera no solo ver a su suegra, sino también hacerse con el collar de la reina Duo, del que dependía la vida de su marido. Con el consentimiento de su marido y del amigo de este, se disfrazó de peluquera. Como toda peluquera, lio un fardo que contenía los siguientes artículos: un instrumento de hierro para cortar uñas, otro instrumento de hierro para raspar la piel superflua de las plantas de los pies, un trozo de *jhama* o ladrillo quemado para frotar las plantas de los pies, y *alakta*[5] para pintar los bordes de los pies y los dedos. Con tal paquete en la mano, se plantó en la puerta del palacio del rey con sus dos hijos. Manifestó ser peluquera y expresó su deseo de ver a la reina Suo, que no dudó en concederle

---

[5] *Alakta* son hojas o papel endeble saturados de laca.

una audiencia. La reina se quedó prendada de los dos niños, que, según declaró, le recordaban mucho a su querido Dalim Kumar. Se le llenaron los ojos de lágrimas al recordar su tesoro perdido; pero, por supuesto, no tenía ni la más remota idea de que los dos niños eran los hijos de su querido Dalim. Dijo a la supuesta peluquera que no necesitaba sus servicios, pues desde la muerte de su hijo había renunciado a todas las vanidades terrenales y, entre otras, a la práctica de teñirse los pies de rojo; pero añadió que, no obstante, se alegraría de vez en cuando de verla a ella y a sus dos hermosos niños.

La peluquera, como debemos llamarla a partir de ahora, se dirigió entonces a los aposentos de la reina Duo y le ofreció sus servicios. La reina le permitió cortarle las uñas, raspar la piel superflua de sus pies y pintárselos con *alakta*, y quedó tan complacida con su habilidad y con la dulzura de su disposición, que le ordenó que la atendiera periódicamente. La peluquera se fijó con no poca preocupación en el collar que la reina llevaba al cuello.

Llegó el día de su segunda visita, y ordenó al mayor de sus dos hijos que, estando en palacio, se pusiera a llorar a gritos, y que no dejara de hacerlo hasta que tuviese en sus manos el collar de la reina Duo. La peluquera, por tanto, acudió de nuevo, el día señalado, a los aposentos de la reina Duo. Mientras estaba pintando los pies de la reina, el niño mayor comenzó a llorar con fuerza. Cuando se le preguntó el motivo de su llanto, el niño, como se le había ordenado, dijo que quería el collar de la reina. La reina dijo que le era imposible desprenderse de aquel collar, pues era la mejor y más valiosa de todas sus joyas. Sin embargo, para complacer al niño, se lo quitó del cuello y se lo puso en la mano. El niño dejó de llorar y sujetó el collar con fuerza.

Cuando la peluquera, una vez terminado su trabajo, estaba a punto de marcharse, la reina quiso que le devolvieran el collar. Pero el niño no quiso desprenderse de él. Cuando su madre intentó arrebatárselo, lloró amargamente y parecía que se le iba a romper el corazón. Entonces la peluquera dijo:

—¿Tendrá Su Majestad la bondad de dejar que el niño se lleve el collar a casa? Cuando se duerma después de beber su leche, lo que seguramente hará en el transcurso de una hora, se lo traeré sin falta.

La reina, viendo que el muchacho no permitiría que se lo quitaran, accedió a la propuesta de la peluquera, sobre todo reflexionando que Dalim, cuya vida dependía de él, hacía tiempo que se había ido a las moradas de la muerte.

En poder así del tesoro del que dependía la vida de su marido, la mujer se dirigió, con tanta prisa que iba sin resuello, a la casa-jardín y entregó el collar a Dalim, que había vuelto a la vida.

Su alegría era indescriptible, y siguiendo el consejo de su amigo, decidieron que al día siguiente irían a palacio y se presentarían al rey y a la reina Suo.

Se hicieron los debidos preparativos; se trajo un elefante ricamente engalanado para el príncipe Dalim Kumar, un par de ponis para los dos niños y una *chaturdala*[6] ornada con cortinas de encaje de oro para la princesa. Se comunicó al rey y a la reina Suo que el príncipe Dalim Kumar no solo estaba vivo, sino que venía a visitar a sus reales padres con su esposa y sus hijos. El rey y la reina Suo apenas podían creer la noticia, pero al cerciorarse de su veracidad, quedaron extasiados de alegría, en tanto que la reina Duo, anticipando la revelación de todas sus artimañas, se sintió abrumada por el dolor.

El cortejo de Dalim Kumar, acompañado por una banda de músicos, se acercó hasta la puerta del palacio, y el rey y la reina Suo salieron a recibir a su hijo perdido.

No hace falta decir que su alegría fue inmensa. Se echaron los brazos al cuello y lloraron. Dalim relató entonces todas las circunstancias relacionadas con su muerte. El rey, encendido de ira, ordenó a la reina Duo que acudiera a su presencia. Cavaron en el suelo un gran agujero, tan profundo como la altura de un hombre. La reina Duo fue introducida en él en posición erguida. La rodearon de espinas hasta la coronilla y la enterraron viva.

---

[6] Especie de *palki* abierto, utilizado generalmente para transportar al novio y a la novia en las procesiones matrimoniales.

Así termina mi historia.
El retoño de Natiya se marchita;
¿Por qué, oh retoño
de Natiya, te marchitas?
¿Por qué tu vaca hojea sobre mí?
¿Por qué, oh vaca, navegas?
¿Por qué tu vaquero no me cuida?
¿Por qué, oh vaquero, no cuidas de la vaca?
¿Por qué tu nuera no me da arroz?
¿Por qué, oh nuera, no le das arroz?
¿Por qué llora mi hijo?
¿Por qué, oh niño, lloras?
¿Por qué me pica la hormiga?
¿Por qué, oh hormiga, le muerdes?
¡Koot! ¡Koot! ¡Koot!

EESARA Y CANEESARA

❖ ⋯❖⋯ ❖

Punjab

ace algunos años, había dos comerciantes, el uno hindú y el otro mahometano, que eran socios en el mismo negocio. El nombre del hindú era Eesara, y el del mahometano Caneesara. En otro tiempo, habían gozado de una gran prosperidad, pero les habían llegado tiempos difíciles y su negocio había decaído, por lo que, poco a poco, se habían ido sumiendo en la pobreza.

Un día, Caneesara fue a casa de Eesara y le dijo:

—Préstanos algo; algo de dinero, grano o pan, porque no tenemos absolutamente nada de comer.

—Ay, amigo —le respondió Eesara—, no estáis en peor situación que nosotros. Estamos desprovistos de todo. ¿Qué podría daros?

Así que la visita de Caneesara fue infructuosa y regresó con las manos vacías, tal como había ido.

Cuando se hubo ido, Eesara dijo a su mujer:

—Todo lo que tenemos es un plato de bronce y una sola copa de bronce. Como el plato es valioso, ponlo en una red, por seguridad, y cuélgala del techo sobre nuestras camas; y pon un poco de agua en el plato para que si Caneesara entra en casa a robarlo cuando estemos dormidos, el agua se derrame sobre nuestras caras y nos despertemos.

Aquella misma noche, Caneesara, que sabía de la existencia del plato de bronce, decidió hacer un intento de apoderarse del mismo. Así, mucho después de que los esposos estuvieran en la cama, acudió a la casa de Eesara y, levantando suavemente el pestillo, entró en la vivienda. Allí, a la débil luz de la luna, vio el plato colgado en una red sobre las camas, pero como era un tipo astuto y sospechaba que se trataba de un truco, primero pasó el índice por la red y descubrió que el plato contenía agua. Para evitar ser descubierto, cogió un poco de arena y, con sumo cuidado, la fue dejando caer poco a poco en el plato hasta que absorbió toda el agua. Una vez hecho esto, sacó lentamente el plato de la red y se lo llevó.

De camino a casa, pensó que lo más prudente sería esconder el plato durante algún tiempo, hasta que se le presentara la oportunidad de venderlo. Por tanto, se dirigió a un estanque, lo vadeó durante un trecho y enterró el plato en el fango; para marcar el lugar concreto, clavó una larga caña que había arrancado en la orilla. Luego, más que satisfecho de su éxito, se fue a casa y se metió en la cama.

A la mañana siguiente, cuando Eesara se despertó, echó de menos el plato, y gritó:

—¡Ay, esposa! Caneesara ha estado aquí. Ha robado el plato.

Sin tardanza se dirigió a casa de su amigo, lo buscó por todas partes, pero regresó a casa sin saber más que antes.

Como el día estaba ya muy avanzado, se dirigió al estanque para tomar su baño acostumbrado. Cuando llegó al borde del agua, observó la caña solitaria que el viento movía y se dijo:

—¡Hola! Esto no estaba aquí ayer. Esto se debe a alguna triquiñuela de Caneesara.

Así que se metió en el agua y tuvo la satisfacción de descubrir el plato que le faltaba, y se lo llevó a casa de su mujer, pero dejó la caña delatora intacta.

Al cabo de un día o dos, Caneesara bajó al estanque y, vadeando hasta su caña, empezó a buscar a tientas entre el barro el plato de latón, pero tanteó en vano.

—¡Ah! —gimió—, Eesara ha estado aquí.

Exasperado y decepcionado, regresó a su casa y fumó de su narguile.

Caneesara luego visitó de nuevo a su socio y le dijo:

—Amigo Eesara, ambos estamos todo lo mal que podemos estar. Vayamos juntos a otro país, llevemos con nosotros nuestros libros de cuentas y veamos si, de una forma u otra, podemos ganar algo de dinero.

Eesara accedió a tal propuesta y los dos amigos emprendieron el viaje.

Al cabo de una fatigosa caminata, llegaron a una ciudad en la que había muerto recientemente un rico comerciante, e investigando descubrieron que, habiendo sido quemado su cuerpo, habían depositado sus restos debidamente en un lugar determinado. Así que Eesara, manipulando los libros de contabilidad que se había traído de su propia casa, confeccionó una enorme factura contra el difunto comerciante, elevando con habilidad la cantidad supuestamente debida a cuarenta mil rupias. Cuando llegó la noche, los dos amigos se dirigieron al lugar de la sepultura y cavaron una cámara, en la que Caneesara se escondió, mientras Eesara lo cubría con palos y tierra y, para ser breves, realizó su tarea tan bien que por la mañana nadie habría sospechado que el suelo había sido removido. Eesara, armado con sus libros de cuentas, fue enseguida a casa de los hijos del comerciante muerto, y les dijo:

—Tanto vuestro padre como vuestro abuelo tenían deudas con la casa de la que soy socio. La suma total que se nos debe es de cuarenta mil rupias, y os requerimos el pago sin más dilación.

Al principio, los hijos intentaron resistirse.

—No os debemos ni un penique —adujeron—. ¿Por qué, si no, no nos enviaron antes esta reclamación tan enorme?

—La reclamación es exacta —respondió Eesara—, y esa es la suma de dinero que se nos debe. Apelo a vuestro difunto padre. Que sea él quien juzgue. Os cito a comparecer conmigo ante su tumba.

Los dos hijos, así acusados con tanta solemnidad, acompañaron a su supuesto acreedor a la tumba de su padre. Ahora, sabed que el muerto se llamaba Bahnooshâh.

—¡Oh, Bahnooshâh —gritó Eesara—, tú, que eras modelo de honor y probidad, escucha y responde! ¿Estás en deuda por la suma de cuarenta mil rupias con la casa de Eesara y Caneesara, o no lo estás?

Tres veces hizo tal ruego con voz fuerte sobre la tumba, y en respuesta a la tercera súplica, Caneesara habló en tono sepulcral desde las entrañas de la tierra:

—Oh, hijos míos —gritó—, si sois fieles a mi memoria, no dejéis este peso de aflicción sobre mi alma y pagad el dinero debido de una vez.

Los hijos se sintieron abrumados, y arrodillándose prometieron cumplir la petición del difunto. Regresaron a casa y llevaron a Eesara a su oficina comercial, le pagaron la suma exigida y le entregaron además una mula para que se llevase tal carga. Eesara, que estaba más que encantado con el éxito de su estratagema, en su felicidad, se olvidó de volver a por su socio, y tras montar en la mula y acomodarse cómodamente entre las alforjas, se apresuró a salir de la ciudad.

Para entonces Caneesara, que empezaba a cansarse de estar encerrado en su oscuro y estrecho alojamiento, pensaba para sus adentros: «¡Qué extraño! ¿Por qué no vuelve Eesara con noticias?». E incapaz de soportar por más tiempo la intriga, abrió de par en par su frágil alojamiento y entró en la ciudad. Dirigiéndose a la casa de los mercaderes estafados, preguntó por un tal Eesara, y se enteró de que acababa de recibir el importe de la deuda y se había marchado.

—Allá va —le dijeron—, en aquella mula.

Al mirar en la dirección que le indicaban, vio a Eesara a horcajadas sobre la mula, subiendo una colina próxima, y cómo de vez en cuando aporreaba a su testarudo animal con una vara.

—¡Ja, ja, ja! —se echó a reír Caneesara—, así que Eesara me deja en la estacada. Y empezó a seguirle.

Mientras Eesara trotaba, vio un hermoso zapato bordado en oro tirado en el camino; pero iba demasiado ufano de su recién adquirida riqueza como para entretenerse con una nimiedad tal como un extraño zapato, por muy bordado que estuviera, y continuó su camino sin desmontar.

Cuando Caneesara llegó al mismo lugar, sin embargo, recogió el zapato, y un pensamiento feliz lo asaltó, por lo que corrió a toda velocidad, circundando unas rocas, por un camino secundario, para desembocar de nuevo en el camino principal, a cierta distancia por delante de Eesara. Allí dejó el zapato en medio del camino y se escondió entre unos arbustos.

Eesara, que cabalgaba feliz como un rey, dobló un recodo del camino y no tardó en ver el zapato. Refrenando su mula, lo miró y gritó:

—¡Ja! Aquí está el mismo tipo de zapato que dejé antes atrás, con el mismo dibujo y todo.

Y desmontando, recogió el zapato, ató su mula al mismo arbusto en el que Caneesara estaba escondido, y corrió hacia atrás tan rápido como pudo en busca de la supuesta pareja del zapato. En cuanto se perdió de vista, Caneesara salió del arbusto, montó en la mula y se alejó a toda velocidad.

Entretanto, Eesara, por supuesto, buscó el compañero del zapato en vano, y lo que le resultó aún más difícil de sobrellevar, cuando regresó a los matorrales fue para encontrarse con que su mula había desaparecido.

—¡Ja! —exclamó—. ¡Caneesara ha estado aquí!

Y se apresuró a dirigirse a pie hacia su propia aldea.

Mientras tanto, Caneesara también avanzaba a toda velocidad. Llegó a su casa en mitad de la noche y, sin cambiar palabra con ninguno de sus vecinos, descargó la mula y se adentró en el bosque. Luego llamó a su mujer, y entre los dos llevaron las bolsas de dinero a la casa y las enterraron bajo el suelo de tierra. Pero temiendo tener que responder a preguntas desagradables si se encontraba con Eesara en esos momentos, él se ausentó de casa, encargando a su mujer que no revelara el hecho de su propia llegada.

Eesara, en modo alguno desesperado, llegó a su propia casa y relató sus aventuras a su mujer, que coincidió con él en la opinión de que el dinero se lo había llevado Caneesara.

—Y lo que es más —aventuró Eesara—, seguro que lo ha enterrado en su casa.

La noche siguiente, la esposa de Eesara invitó a la esposa de Caneesara a pasar unas horas con ella, y durante ese intervalo Eesara visitó la casa de su socio y desenterró con éxito el dinero, hecho lo cual devolvió el suelo a su aspecto anterior. Llevó el tesoro a su propia casa, en la que entró luego de que se fuera la esposa de Caneesara, y lo enterró de la misma manera, bajo el suelo de su habitación. Después se fue y se escondió en un viejo pozo seco, ordenando a su esposa que le llevase la comida todos los días a una hora determinada. Para entonces, Caneesara se había atrevido a regresar a su casa, y eligiendo un momento apropiado para ello, excavó el suelo de su casa, haciendo una pausa de vez en cuando para reírse con su mujer del éxito de su estratagema. Pero, por desgracia, el dinero no aparecía por ninguna parte, y sus esfuerzos fueron en vano.

—¡Ja! —gritó, tirando la pala al suelo—. ¡Eesara ha estado aquí!

Luego pensó para sus adentros: «Eesara se ha llevado el dinero, pero en vez de buscar el dinero, ahora buscaré al propio Eesara».

Caneesara vigilaba las inmediaciones de la casa de Eesara día y noche, y al observar que su esposa salía siempre a la misma hora, empezó a sospechar que debía de estar llevando la comida de su marido a alguna parte. Así que la siguió a una distancia prudencial y descubrió que se dirigía al viejo pozo. Una vez allí, la observó desde detrás de un peñasco, y la vio sacar pan y suero de mantequilla de debajo de su velo, y bajar la comida con un trozo de cuerda por el pozo. Al cabo de un rato, se percató de que subía el recipiente vacío y, dirigiendo unas palabras a la persona que estaba abajo, regresaba al pueblo.

—¡Ja, ja, ja! —rio Caneesara—. ¡Eesara está aquí; se ha metido en ese pozo! Pero ¿dónde podría estar el dinero?

Aquella noche, Caneesara preparó un pan atrozmente malo, y al día siguiente se disfrazó de mujer con un largo paño rojo y, llevando consigo el pan, una vasija y un trozo de cuerda, salió al pozo y bajó la comida.

—¡Oh, maldita mujer! —gritó Eesara, furioso—. ¿Qué pan es este que me has traído?

—¡Oh, esposo! —respondió Caneesara con voz fingida—, fustigas a tu pobre esposa, pero ¿qué puedo hacer yo sin dinero?

—¡Maldita mujer! —tronó Eesara—. ¡Sabes que, bajo el suelo de nuestra vieja casa hay bolsas y bolsas de dinero! ¿Por qué no puedes coger una rupia de vez en cuando y comprarme vituallas decentes?

Caneesara, habiendo oído lo que necesitaba, levantó la vasija vacía y se marchó. Se cruzó con la verdadera esposa en su camino a la ciudad y, dirigiéndose directamente a la casa, extrajo todo el dinero y se lo llevó a su propia casa; pero esta vez lo enterró en el jardín.

Mientras tanto, la mujer de Eesara, que había llegado al pozo, bajó la comida de su marido. Eesara, al ver que la vasija suspendida volvía a balancearse ante él, gritó:

—¡Hola! ¿Otra vez por aquí? Pero si no hace ni media hora que viniste.

—¿De qué estás hablando? —respondió la mujer—. No he estado cerca de ti desde ayer a estas horas.

—¡Ah! —exclamó Eesara con un gemido—. ¿De verdad? Entonces es que Caneesara ha estado aquí, ¡y nosotros estamos fastidiados otra vez!

Así que trepó por los huecos de mampostería y salió del pozo.

—Ahora, vámonos a casa —dijo— a buscar el dinero.

Cuando llegó a su casa, se le hizo del todo evidente que la habían desvalijado y, después de cavar con la pala en vano, se apresuró a ir a casa de Caneesara. Sin embargo, su astuto socio no aparecía por ninguna parte, y ni con todas sus pesquisas y excavaciones pudo encontrar el menor rastro del tesoro perdido. Por fin, desconcertado y decepcionado, regresó a casa de su mujer y le pidió que lo tendiera como si estuviera muerto y lo llorara según la costumbre de su pueblo. Entonces llegaron los vecinos con haces de leña y levantaron una pira funeraria para quemar su cuerpo. Caneesara, al enterarse de estos lúgubres preparativos, se dijo:

—Me temo que todo esto no sea más que un truco de mi viejo amigo —y fue a la casa a pedir permiso para ver el cadáver—. Este comerciante que ha muerto era amigo mío —alegó.

Pero los vecinos lo echaron del lugar, diciendo:

—No, no; tú eres musulmán.

Sacaron a Eesara de la casa en una camilla y lo colocaron en lo alto de la pira funeraria, mientras la apantallaban con mantas y ropas para evitar la mirada de la multitud. En el momento en que encendían las antorchas y el humo empezaba a envolverlo, y cuando la confusión estaba en su apogeo, Eesara se escabulló de su mortaja y, aprovechando la oscuridad, consiguió escapar de aquel lugar sin que nadie lo viese. Su primer acto fue dirigirse de nuevo a la casa de Caneesara, considerando que este ya debía de haberse aventurado a regresar; pero el otro, lleno de sospechas y temiendo por su vida, seguía manteniéndose alejado. Así que la búsqueda que hizo Eesara fue un completo fracaso.

«No encuentro el dinero», se dijo; «pero estoy resuelto a pillar a Caneesara, y entonces ajustaremos cuentas».

Caneesara resolvió entonces fingir su propia muerte.

«Eesara no me ha engañado», se dijo; «pero si puedo engañar a Eesara, volveré alguna noche, desenterraré el dinero y me iré a otras tierras».

Así que, en primer lugar, hizo correr el rumor de que estaba muy enfermo; luego se dijo que estaba muerto; y su mujer, para mantener el engaño, lo tendió y lo lloró con alaridos y gritos lastimeros. Cuando los vecinos se acercaron, dijeron: «¡Ay, es el pobre Caneesara!». Ordenaron que lo amortajaran y llevaron su cuerpo a la tumba. Allí lo depositaron sobre la tierra, cerca de la tumba de un viejo ermitaño, para llevar a cabo las observancias acostumbradas, y Eesara, que había seguido a los dolientes, se las ingenió para echar una ojeada al rostro de su amigo, diciendo:

—Este pobre hombre, como bien sabéis, era amigo mío.

Una vez aplacadas sus dudas, se subió a un árbol que estaba cerca de la tumba y esperó allí hasta que, terminados los ritos, el cuerpo fue depositado en su oquedad. En cuanto la compañía se hubo dispersado, ya de noche, Eesara bajó del árbol, se arrastró hasta la vieja tumba y, levantando la losa, sacó el cuerpo vivo y lo depositó junto al borde de la tumba. Justo en ese momento, el ruido de pasos que se acercaban, así como de susurros apagados, llamó su atención, y volvió a subirse al árbol, preguntándose a qué podía deberse aquella interrupción.

El grupo que se acercaba era una banda de célebres ladrones, siete en número, uno de los cuales era ciego de un ojo. Al ver el cuerpo en la vieja tumba, lo examinaron con gran cuidado y exclamaron:

—¡Mirad, debe de ser un santo famoso! Ha salido de su tumba y su cuerpo está perfectamente fresco. Pidámosle gracia y buena suerte.

Todos ellos se arrodillaron y le suplicaron:

—Estamos decididos a robar esta noche —dijeron—. Si tenemos éxito, oh, santo, dejaremos caer en tu boca un poco de azúcar.

El tuerto, sin embargo, dijo:

—En lo que a mí respecta, le alegraré el gaznate con un poco de agua.

Después de hacer tales votos, partieron todos hacia la ciudad, robaron en casa de un hombre rico y regresaron, cada uno con su bolsa de dinero, al cementerio. Entonces, dejaron caer bocados de azúcar en la boca de Caneesara, de acuerdo con sus promesas; pero cuando llegó el turno del ladrón del único ojo, dejó caer un poco de agua inmunda. El pobre Caneesara había engullido el azúcar con impasible indiferencia; pero el agua, al hacerle cosquillas en el gaznate, estuvo a punto de ahogarle, y empezó a toser con gran violencia. Precisamente en ese momento, Eesara, que había estado observando absorto la escena, gritó de repente en tono amenazador:

—¡No os preocupéis de los de atrás; coged al bribón que está delante!

Estas inesperadas palabras sonaron en los oídos de los ladrones como la voz del ángel de la muerte e, imaginándose en presencia de espíritus malignos, echaron a correr despavoridos, dejando tras de sí sus bolsas de dinero junto a la tumba abierta.

El difunto Caneesara se puso en pie de un salto, gritando:

—¡Ja, ja, ja! Eesara está aquí, ¡y por fin lo he atrapado!

Y cuando el aludido bajó del árbol, los dos amigos se abrazaron efusivamente. Recogiendo las siete bolsas de oro, entraron en la vieja tumba, donde consiguieron encender una de las pequeñas lámparas de barro que pertenecían al santuario y, acercando la débil llama lo suficiente, volcaron los brillantes montones y procedieron a echar cuentas. Sin embargo, fueron incapaces de ponerse de acuerdo sobre un centavo que sobraba, y sus palabras empezaron a subir de tono, cada uno de ellos haciendo valer sus pretensiones con tremendo ardor.

Para entonces, los ladrones se habían detenido y encargado a su compañero tuerto que regresara en busca del dinero. Los tuertos son proverbialmente astutos, y este estaba decidido a no perder su reputación. Avanzando sigilosamente, llegó a la tumba cuando la disputa estaba en pleno apogeo; pero, ¡ay!, lo descubrieron; y, justo cuando su cabeza asomaba por uno de los agujeros de la pared, Caneesara le arrebató de repente el turbante y, entregándoselo a Eesara, gritó:

—Aquí tienes tu centavo; ¡así que ya estamos en paz!

El ladrón, retirando la cabeza hacia atrás con la mayor de las prestezas, corrió tan rápido como sus piernas podían llevarlo hasta sus compinches, y les dijo:

—¡El número de demonios en esa vieja tumba es tan enorme que la parte que le toca a cada uno de ellos se reduce a un solo centavo! Escapemos, o nos cogerán a todos y nos ahorcarán.

Así que todos, muy asustados, abandonaron el lugar en el acto, y nunca más volvieron.

Entonces dijo el astuto Caneesara al astuto Eesara:

—Descontando las cuarenta mil rupias que ya tengo, mi parte de este botín se reduce a una bolsa, y estas otras seis bolsas son por tanto tuyas.

Los dos amigos eran ahora ricos por igual; y volviendo a sus hogares, compraron tierras y casas, y estuvieron libres de la pobreza por el resto de sus días, viviendo junto a sus esposas e hijos en la mayor felicidad y disfrutando de todas las bendiciones posibles.

EL SEÑOR DE LA MUERTE

Punjab

Había una vez un camino en el que morían todos aquellos que lo recorrían. Algunos decían que los mataba una serpiente, otros que un escorpión, pero lo cierto es que todos morían.

Un hombre muy anciano iba por ese camino y, cansado, se sentó a descansar sobre una piedra. De repente vio a su lado un escorpión grande como un gallo que, mientras él lo miraba, se transformó en una horrible serpiente. Se quedó estupefacto y, mientras la criatura se alejaba, decidió seguirla a cierta distancia para averiguar qué es lo que era en realidad.

Así pues, ocurrió que la serpiente avanzaba día y noche, y tras ella iba el anciano, como una sombra. Una vez, el ser entró en una posada y mató a varios viajeros; en otra ocasión se deslizó hasta el interior de la casa del Rey y lo mató. Luego descendió por un conducto de agua que caía hasta el palacio de la Reina y mató a la hija menor del Rey. Así iba merodeando, y allí por donde pasaba, se oían llantos y lamentos, y el viejo siempre lo seguía, silencioso como una sombra.

De pronto, el camino se convirtió en un río ancho, profundo y rápido, en cuya orilla estaban sentados unos pobres viajeros que deseaban cruzarlo, pero no tenían dinero para pagar el transbordador. Entonces, la serpiente se transformó en un hermoso búfalo, con un collar de latón y cascabeles al cuello, y se detuvo al borde del río. Al verlo, los pobres viajeros se dijeron:

—Este animal va a nadar hasta su corral, al otro lado del río; subámonos a su lomo, agarrémonos a su cola, y así también nosotros cruzaremos las aguas.

Así que se subieron a sus lomos y se sujetaron por la cola, y el búfalo nadó con ellos a cuestas, tozudo; pero cuando llegó a la mitad de la corriente, empezó a dar coces hasta que cayeron o se soltaron, y se ahogaron todos.

Cuando el anciano, que había cruzado el río en una barca, llegó a la otra orilla, el búfalo había desaparecido y en su lugar había un hermoso buey. Al ver a esta hermosa criatura deambulando por aquellos andurriales, un campesino, presa de la codicia, lo condujo hasta su casa. El buey era muy manso y se dejó atar con el resto del ganado, pero en plena noche se transformó en serpiente, mordió a todo el ganado y entró en la casa para matar a todos los que allí dormían, y luego se escabulló. Pero detrás de él seguía el viejo, silencioso como una sombra.

En seguida llegaron a otro río, donde la serpiente adoptó la forma de una hermosa joven, placentera de ver y cubierta de costosas joyas. Al cabo de un rato, llegaron dos hermanos, que eran soldados, y cuando se acercaron a la muchacha, esta se puso a llorar amargamente.

—¿Qué te pasa? —preguntaron los hermanos—. ¿Y por qué tú, tan joven y hermosa, te sientas sola junto al río?

—Mi marido me llevaba a casa, pero, al bajar al río para coger el transbordador, acercó a lavarse la cara y, al resbalar, se ahogó. Así que no tengo marido ni parientes.

—¡No temas! —gritó el mayor de los dos hermanos, que se había enamorado de su belleza—. Acompáñame y me casaré contigo.

—Con una condición —respondió la muchacha—: nunca debes pedirme que haga ningún trabajo doméstico; y no importa lo que te pida, debes otorgármelo.

—¡Te obedeceré como un esclavo! —prometió el joven.

—Entonces, ve al pozo y tráeme un vaso de agua. Tu hermano puede quedarse conmigo —dijo la muchacha.

Pero cuando el hermano mayor se hubo marchado, la chica-serpiente se volvió hacia el menor y le dijo:

—¡Escápate conmigo, que te quiero! La promesa que hice a tu hermano fue un truco para alejarlo.

—¡De ninguna manera! —le respondió el joven—. Eres su prometida y, por tanto, te considero mi hermana.

Al oír eso, la muchacha se enfureció, llorando y lamentándose, hasta que regresó el hermano mayor, al que gritó:

—¡Oh, esposo, vaya villano tenemos aquí! Tu hermano me ha pedido que escape con él y te abandone.

Entonces, el corazón del hermano mayor se colmó de una amarga ira por esta traición, de modo que desenvainó su espada y desafió al más joven a un duelo. Lucharon durante todo el día, hasta que al atardecer ambos yacieron muertos en el campo, y entonces la muchacha tomó de nuevo la forma de una serpiente, y detrás de ella seguía el anciano, silencioso como una sombra. Pero al fin se transformó, tomando la forma de un anciano de barba blanca, y cuando el que la había seguido tanto tiempo vio a uno como él, se armó de valor y, asiéndose la barba blanca, le preguntó:

—¿Quién y qué eres?

Entonces, el anciano sonrió y contestó:

—Algunos me llaman el Señor de la Muerte, porque voy repartiendo la muerte por el mundo.

—¡Dame la muerte! —suplicó entonces el otro—, porque te he seguido desde lejos, silencioso como una sombra, y tengo miedo.

Pero el Señor de la Muerte sacudió la cabeza, diciendo:

—¡No ha de ser así! Solo doy muerte a aquellos cuyos años están cumplidos, ¡y a ti te quedan sesenta años de vida por delante!

Y con esas, el anciano de barba blanca desapareció, pero ¿quién puede saber con certeza si era realmente el Señor de la Muerte o un demonio?

EL PRÍNCIPE CORAZÓN DE LEÓN Y SUS TRES AMIGOS

Punjab

Éranse una vez un Rey y una Reina que habrían sido tan felices como largo es el día si no hubiera sido por esta circunstancia: no tenían hijos.

Por fin, un viejo faquir, o devoto, llegó al palacio, pidió ver a la Reina y, dándole unos granos de cebada, le dijo que se los comiera y dejara de llorar, pues en nueve meses tendría un hermoso hijito. La Reina se comió los granos de cebada y, efectivamente, al cabo de nueve meses dio a luz al príncipe más encantador y espléndido que jamás se haya visto, al que llamaron Corazón de León, porque era muy valeroso y fuerte.

Cuando llegó a la edad adulta, el príncipe Corazón de León se volvió también inquieto y no cesaba de suplicar a su padre, el Rey, que le permitiera viajar por el mundo en busca de aventuras. El Rey negaba con la cabeza, diciendo que los hijos únicos son demasiado valiosos como para dejarlos ir vagabundeando; pero al final, viendo que el joven Príncipe no podía pensar en otra cosa, le dio su consentimiento, y el príncipe Corazón de León partió de viaje, sin llevar a nadie más que a sus tres compañeros, el Cuchillero, el Herrero y el Carpintero.

Cuando estos cuatro valientes jóvenes habían recorrido una corta distancia, se encontraron ante una magnífica ciudad que estaba desierta y desolada en un despoblado. Al atravesarla, vieron casas altas, amplios bazares, tiendas todavía repletas de mercancías, por lo que todo indicaba que la población era numerosa y rica, pero ni en la calle ni en las casas se veía a un solo ser humano. Aquello les asombró sobremanera, hasta que el Cuchillero, llevándose la mano a la frente, exclamó:

—¡Ya me acuerdo! Esta debe de ser la ciudad de la que he oído hablar, donde mora un demonio que no deja a nadie vivir en paz. Será mejor que nos vayamos.

—¡Ni por asomo! —gritó el príncipe Corazón de León—. ¡Al menos, no hasta que haya cenado, porque estoy que me muero de hambre!

Así que fueron a las tiendas y compraron todo lo que necesitaban, dejando el pago correspondiente a cada cosa en los mostradores, al igual que habrían hecho si los tenderos hubieran estado allí. Luego se dirigieron al palacio, que estaba en medio de la ciudad, y el príncipe Corazón de León ordenó al Cuchillero que preparara la cena, mientras él y sus otros acompañantes echaban un vistazo por la ciudad.

Apenas se hubieron puesto en camino, el Cuchillero se dirigió a la cocina y empezó a preparar la comida. Desprendía un olor delicioso, y el Cuchillero estaba pensando en lo bien que sabría, cuando vio a su lado una figurita revestida de armadura, con espada y lanza, y cabalgando un ratón vistosamente enjaezado.

—¡Dame mi cena! —gritó el monigote, agitando furiosamente su lanza.

—¡*Tu* cena! Vamos, es una broma —repuso riendo el Cuchillero.

—¡Dámela de una vez! —gritó el pequeño guerrero en voz todavía más alta—. O voy a colgarte del árbol *pipal* más cercano.

—¡Bah! ¡Palabrería! —replicó el valiente Cuchillero—. ¡Acércate un poco más, para que pueda aplastarte entre el índice y el pulgar!

Al oír tales palabras, el monigote se transformó de repente en un demonio terriblemente alto, con lo que el valor del Cuchillero desapareció y, cayendo de rodillas, suplicó clemencia. Pero de nada sirvieron sus gritos lastimeros, pues en un santiamén se encontró colgado de la rama más alta del árbol *pipal*.

—¡Ya les enseñaré yo a guisar en mi cocina! —gruñó el demonio, mientras engullía todos los pasteles y el sabroso guiso.

Cuando hubo consumido hasta el último bocado, desapareció. Entonces, el Cuchillero se retorció con tanta desesperación que la rama del *pipal* se rompió, y él cayó golpeándose a través del árbol hasta dar con su cuerpo en tierra, sin sufrir gran daño, más allá de un susto tremendo y algunas magulladuras. Sin embargo, estaba tan terriblemente asustado, que corrió al dormitorio, y envolviéndose en su manta, se echó a temblar de pies a cabeza como si tuviese un ataque de fiebres.

Por fin, llegaron el príncipe Corazón de León y sus compañeros, los tres tan hambrientos como cazadores, gritando:

—¡Bueno, alegre Cuchillero! ¿Dónde está la cena?

A eso, él gimió desde debajo de su manta.

—No os enfadéis, porque no es culpa de nadie; ocurre que, justo cuando la cena estaba lista, me dio un ataque de fiebre, y mientras estaba aquí tumbado, temblando y temblando, entró un perro y se lo llevó todo.

Temía que, si decía la verdad, sus compañeros pensarían que era un cobarde por no haber luchado contra el demonio.

—¡Qué lástima! —gritó el Príncipe—, pues tenemos que cocinar un poco más. Toma, Herrero, prepara la cena, mientras el Carpintero y yo echamos otro vistazo a la ciudad.

Apenas el Herrero empezó a olfatear el sabroso aroma y a pensar en lo bien que sabrían los pasteles y el estofado, se le apareció también el pequeño guerrero. Al principio fue tan valiente como el Cuchillero y, después, también él se arrodilló y pidió clemencia. Lo cierto es que todo le sucedió como al Cuchillero, y cuando cayó del árbol, él también huyó al dormitorio y, enrollándose en su manta, empezó a temblar y a estremecerse, de modo que cuando el príncipe Corazón de León y el Carpintero regresaron, hambrientos como cazadores, no había tampoco cena.

Entonces el Carpintero se quedó a cocinar, pero no le fue mejor que a los otros dos, de modo que cuando el hambriento príncipe Corazón de León regresó, había tres hombres enfermos, temblando y temblando bajo sus mantas, y ni rastro de la cena. Entonces, el Príncipe se puso manos a la obra para cocinar él mismo su comida.

En cuanto la comida empezó a desprender un olor sabroso, apareció el pequeño ratón guerrero, muy fiero y valiente.

—¡Por Dios que eres un tipo de lo más pintoresco! —dijo el Príncipe en tono condescendiente—. ¿Y qué es lo que puedes querer?

—¡Dame mi cena! —chilló el monigote.

—¡No es *tu* cena, mi querido señor, es *mi* cena! —puntualizó el Príncipe—. Pero para evitarnos discusiones, luchemos.

Al oír aquello, el ratón guerrero empezó a estirarse y a crecer hasta convertirse en un demonio terriblemente alto. Pero el Príncipe, en vez de arrodillarse y suplicar clemencia, se echó a reír y dijo:

—¡Buen señor, en todo hay un término medio! Hace un momento eras ridículamente pequeño, ahora eres absurdamente grande; pero ya que pareces ser capaz de alterar tu tamaño sin mucho problema, suponte que, por una vez, muestras algo de grandeza de espíritu y te vuelves de mi tamaño, ni más ni menos; entonces podremos decidir de quién es realmente la cena.

El demonio no pudo resistir el razonamiento del Príncipe, así que se redujo a un tamaño ordinario, y poniendo manos a la obra, comenzó a acometer al Príncipe con gran estilo. Pero el valiente Corazón de León no cedió ni un ápice, y finalmente, tras una terrible batalla, mató al demonio con su afilada espada.

Luego, adivinando la verdad, despertó a sus tres amigos enfermos, diciendo con una sonrisa:

—¡Oh, valientes! ¡Levantaos, que he matado la fiebre!

Los aludidos se levantaron avergonzados y comenzaron a alabar a su líder por su incomparable valor.

Luego de esto, el príncipe Corazón de León envió mensaje a todos los habitantes de la ciudad que habían sido expulsados por el malvado demonio, mediante el cual les informaba que podían regresar y vivir en seguridad, con la condición de que aceptasen al Cuchillero como su rey, y le dieran como esposa a su más rica y hermosa doncella.

Todo ello lo hicieron con suma alegría, pero cuando la boda terminó, y el príncipe Corazón de León se preparó para emprender de nuevo sus aventuras, el Cuchillero se arrojó ante su señor rogándole que le permitiera acompañarle. El príncipe Corazón de León, sin embargo, rechazó la petición, ordenándole que se quedara a gobernar su reino, y al mismo tiempo le dio una planta de cebada, junto con la orden de que la cuidara con mucho cuidado, ya que, mientras floreciera, podía estar seguro de que su señor estaba vivo y bien. Si, por el contrario, se doblegaba, podría saber así que se acercaba la desgracia y partir en su ayuda si así lo decidía.

Así que el rey Cuchillero se quedó atrás con su novia y su planta de cebada, pero el príncipe Corazón de León, el Herrero y el Carpintero partieron para proseguir su viaje.

Poco después, llegaron a otra ciudad desolada, que yacía desierta en un despoblado, y como hicieron con la de antes, vagaron por aquella, admirando los altos palacios, las calles vacías y las tiendas desocupadas, donde no se veía un solo ser humano, hasta que el Herrero, recordando de pronto, dijo:

—¡Ahora lo recuerdo! Esta debe de ser la ciudad donde vive el horrible fantasma que mata a todo el mundo. Será mejor que nos vayamos.

—¡Después de cenar! —replicó Corazón de León, hambriento.

Así que, habiendo comprado todo lo que necesitaban en una tienda vacía, poniendo el precio adecuado de todo en el mostrador, ya que no había allí tendero, se dirigieron al palacio, donde el Herrero se ocupó de hacer de cocinero, mientras los demás recorrían la ciudad.

Apenas la cena empezó a desprender un olor apetitoso, apareció el fantasma, en forma de anciana, horrible y amenazadora, con la piel negra y arrugada, y los pies vueltos hacia atrás.

Ante esta visión, el valiente Herrero no se detuvo a parlamentar, sino que huyó a otra habitación y cerró la puerta con pestillo. El fantasma se comió la cena en un santiamén y desapareció, de modo que cuando el príncipe Corazón de León y el Carpintero regresaron, hambrientos como cazadores, no encontraron la cena ni al Herrero.

Entonces, el Príncipe encargó al Carpintero que se ocupara de la cocina mientras él salía a conocer la ciudad. Pero al Carpintero no le fue mejor, pues también a él se le apareció el fantasma, de modo que él a su vez huyó y se encerró en otra habitación.

—¡Esto está muy mal! —dijo el príncipe Corazón de León cuando al volver no encontró cena, ni Herrero, ni Carpintero.

Así que se puso a cocinar la comida él mismo, y tan pronto como empezó a desprender un olor apetitoso, se presentó el fantasma; esta vez, no obstante, al encontrarse con un joven tan apuesto ante ella, no asumió la forma de bruja que le era propia, sino que, en vez de eso, se mostró como una joven hermosa.

Sin embargo, el Príncipe no se dejó engañar lo más mínimo, pues miró hacia abajo, a los pies de la joven, y al ver que tenían los talones por delante, supo de inmediato lo que era; así que, desenvainando su fuerte y afilada espada, le dijo:

—¡Debo instarte a que vuelvas a tomar tu propia forma, pues no me gusta matar a jóvenes bellas!

Al oír aquello, el fantasma chilló de rabia y volvió a adoptar su forma más espantosa; pero en el preciso instante en que lo hizo, el príncipe Corazón de León le asestó un golpe con su espada, y la horrible y espantosa criatura cayó muerta a sus pies.

Entonces, el Herrero y el Carpintero salieron de sus escondrijos, y el Príncipe envió mensaje a todos los habitantes de la ciudad ordenándoles que regresaran y vivieran en paz, a condición de que hicieran rey al Herrero y le dieran por esposa a la doncella más hermosa, más rica y mejor nacida de la ciudad.

Así consintieron en ello de común acuerdo, y una vez celebrada la boda, el príncipe Corazón de León y el Carpintero emprendieron de nuevo el viaje. El rey Herrero se resistía a dejarlos marchar sin él, pero su señor le dio también una planta de cebada, diciéndole:

—Riégala y cuídala con esmero; mientras florezca, puedes estar seguro de que estoy bien y feliz; pero si se marchita, sabrás que estoy en apuros y que debes acudir a ayudarme.

El príncipe Corazón de León y el Carpintero no habían viajado mucho cuando llegaron a una gran ciudad, en la que se detuvieron a descansar; y la suerte quiso que el Carpintero se enamorara de la doncella más hermosa de la ciudad, que era tan bella como la Luna y todas las estrellas. Empezó a suspirar y a refunfuñar a costa de la buena suerte que habían tenido el Cuchillero y el Herrero, y a desear encontrar también él un reino y una hermosa novia, hasta que su señor se apiadó de él y, mandando llamar a los principales habitantes de aquella ciudad, les reveló quién era y les ordenó que nombrasen rey al Carpintero y le casaran con la doncella de su elección.

Obedecieron dicha orden, ya que la fama del príncipe Corazón de León se había extendido por todo el mundo y temían incurrir en su disgusto; así que, cuando la boda hubo terminado y el Carpintero quedó debidamente asentado como rey, el príncipe Corazón de León partió solo, después de dar a aquel una planta de cebada, como había hecho antes, por la que se conocería su prosperidad o su desgracia.

Después de un largo viaje, llegó por fin a un río, y cuando se sentó a descansar en la orilla, ¡cuál fue su asombro al ver un rubí de enorme tamaño flotando corriente abajo! A continuación, otro y otro más pasaron a su lado, cada uno de un tamaño enorme y de un tono resplandeciente. Asombrado, decidió averiguar de dónde procedían. Así que remontó el río durante dos días y dos noches, observando cómo la corriente arrastraba los rubíes, hasta que llegó a un hermoso palacio de mármol construido cerca de la orilla.

El palacio estaba rodeado de hermosos jardines, y unas escaleras de mármol descendían hasta el río, donde de un magnífico árbol que extendía sus ramas sobre la corriente colgaba una cesta de oro. Si el príncipe Corazón de León ya se había maravillado antes, ¡cuál no sería su asombro cuando vio que la cesta contenía la cabeza de la más hermosa, la más bella, la más perfecta joven princesa que jamás se hubiera visto! Los ojos estaban cerrados, los cabellos dorados ondeaban al viento, y de la esbelta garganta caía al agua una gota de sangre carmesí que, transformándose en rubí, se deslizaba por la corriente.

El príncipe Corazón de León se compadeció de aquel espectáculo desgarrador; se le llenaron los ojos de lágrimas y decidió buscar por todo el palacio alguna explicación a aquella hermosa cabeza misteriosa.

Así, deambuló por salones de mármol ricamente decorados, por galerías talladas y espaciosos corredores, sin ver una sola criatura viviente, hasta que llegó a un dormitorio que contaba con velos plateados, y allí, en una cama de satén blanco, yacía el cuerpo sin cabeza de una muchacha joven y hermosa. Al primer vistazo, se convenció de que pertenecía a la exquisita cabeza que había visto balancearse en la cesta de oro junto al río, y apremiado por el deseo de ver las dos partes unidas, se dirigió rápidamente hacia el árbol y no tardó en regresar con la cesta en la mano. Colocó suavemente la cabeza sobre la garganta cortada, y ¡he aquí que se unieron en un santiamén!, y la hermosa doncella volvió a la vida. El Príncipe se llenó de alegría y, cayendo de rodillas, rogó a la encantadora muchacha que le dijera quién era y cómo había llegado a encontrarse sola en aquel misterioso palacio. Ella le explicó que era la hija de un rey, de la que un malvado genio se había enamorado, y que, como consecuencia de su pasión, la había raptado gracias a sus artes mágicas; desesperadamente celoso, no la abandonaba nunca sin antes cortarle la cabeza y colgarla en el cesto de oro hasta su regreso.

El príncipe Corazón de León, al oír aquella historia tan cruel, rogó a la bella princesa que huyera con él sin demora, pero ella le aseguró que primero debían matar al Genio, o nunca lograrían escapar. Así que prometió convencer al Genio para que le contara el secreto de su existencia, y pidió al Príncipe que, mientras tanto, le cortara la cabeza una vez más y la colocara en la cesta de oro, para que su cruel carcelero no sospechase nada.

El pobre Príncipe no se atrevía a llevar a cabo una tarea tan terrible, pero comprendiendo que era absolutamente necesario, cerró los ojos ante la desgarradora perspectiva y, con un golpe de su afilada y brillante espada, cortó la cabeza de su querida princesa; después de devolver la cesta de oro a su lugar, se escondió en un armario junto al dormitorio.

Al poco rato llegó el Genio y, poniéndole otra vez la cabeza a la Princesa, gritó furioso:

—¡Fi! ¡Fa! ¡Fu! Esta habitación huele a carne humana.

Entonces la Princesa fingió llorar, al tiempo que exclamaba:

—No te enfades conmigo, buen genio, porque ¿cómo puedo yo saber algo? ¿No estoy muerta en tu ausencia? Devórame si quieres, pero no te enfades conmigo.

El Genio, que la amaba con locura, juró que preferiría morir antes que matarla.

—¡Eso todavía sería peor para mí! —respondió la muchacha—, porque si murieras mientras estás lejos de aquí, me sería muy incómodo, ya que no estaría ni viva ni muerta.

—¡No te angusties por eso! —respondió el Genio—. No es probable que me maten, pues mi vida está a salvo en algo muy seguro.

—¡Eso espero, desde luego! —replicó la Princesa—. Pero me temo que solo lo dices para consolarme. Nunca estaré contenta hasta que me digas dónde se encuentra, entonces podré juzgar por mí misma si es un lugar seguro.

Al principio, el Genio se negó, pero la Princesa lo engatusó e insistió tanto, y él empezó a tener tanto sueño, que al final contestó:

—Nunca nadie podrá matarme, excepto un príncipe llamado Corazón de León; y ni él podrá, a menos que encuentre el árbol solitario, donde un perro y un caballo vigilan día y noche. Incluso entonces, deberá pasar ileso por encima de esos guardianes, trepar al árbol, matar al estornino que canta en una jaula de oro en la rama más alta, abrirle el buche y destruir el abejorro que contiene. Así pues, siempre estaré a salvo, pues se necesitaría un corazón de león, o una gran sabiduría, para alcanzar el árbol y vencer a sus guardianes.

—¿Cómo podría vencerlos? —suplicó la Princesa—. Dime eso y me daré por satisfecha.

El Genio, que estaba más que medio dormido, y bastante cansado de que le hicieran tantas preguntas, respondió somnoliento:

—Delante del caballo hay un montón de huesos, y delante del perro un montón de hierba. Quien coja un palo largo y cambie los montones, de modo que el caballo disponga de hierba y el perro de huesos, no tendrá dificultad para pasar.

El Príncipe, al oír tal revelación, partió de inmediato en busca del árbol solitario, y no tardó en encontrarlo, con un caballo salvaje y un perro furioso vigilándolo y protegiéndolo. El Príncipe subió al árbol sin ninguna dificultad, agarró al estornino y empezó a retorcerle el cuello. En ese momento el Genio, despertando de su sueño, se dio cuenta de lo que ocurría y voló por los aires para luchar por su vida. El Príncipe, sin embargo, al verlo acercarse, cortó a toda prisa el buche del pájaro, agarró el abejorro y, justo cuando el Genio se posaba en el árbol, arrancó las alas del insecto. El Genio cayó instantáneamente al suelo con estrépito, pero, decidido a matar a su enemigo, empezó a trepar. Entonces el Príncipe arrancó las patas al abejorro, y he aquí que el Genio se quedó también sin piernas; y cuando arrancó la cabeza al abejorro, la vida del Genio se apagó por completo. El príncipe Corazón de León regresó triunfante a casa de la Princesa, que se alegró mucho de la muerte de su opresor. Él habría partido sin dilación con ella hacia el reino de su padre, pero ella le rogó que descansara un poco, así que se quedaron en el palacio examinando todas las riquezas que contenía.

Un día, la Princesa bajó al río para bañarse y lavar su hermosa cabellera dorada, y al peinarla, uno o dos largos mechones salieron con el peine, brillantes y relucientes como el oro bruñido. Estaba orgullosa de su hermosa cabellera, y se dijo: «No tiraré estos cabellos al río, para que se hundan en el lodo asqueroso y sucio», así que hizo una copa verde con una hoja de *pipal*, enrolló en su interior los cabellos dorados y la echó a flotar en la corriente. Sucedió que el río, más abajo, pasaba junto a una ciudad real, y el rey navegaba en su barco de recreo cuando divisó algo que brillaba como la luz del sol en el agua, y ordenó a sus barqueros que remaran en dirección a aquello, y así encontró la copa de hoja de *pipal* y los brillantes cabellos dorados.

Pensó que nunca había visto nada tan hermoso, y decidió no descansar ni de día ni de noche hasta encontrar a su dueña. Así pues, mandó llamar a las mujeres más sabias de su reino para averiguar dónde vivía la dueña de la reluciente cabellera dorada.

La primera mujer sabia dijo:

—Si está en la Tierra, te prometo encontrarla.

La segunda dijo:

—Si está en el cielo, lo rasgaré y te la traeré.

Pero la tercera se rio, diciendo:

—¡Buah! Si tú rasgas el cielo, yo le pondré un parche, con tal destreza que nadie podrá distinguir la porción nueva de la antigua.

El Rey, considerando que la última sabia había demostrado ser la más inteligente, le encargó que buscara a la bella dueña del reluciente pelo dorado.

Como los cabellos se habían encontrado en el río, la mujer sabia supuso que debían de haber flotado corriente abajo desde algún lugar situado más arriba, así que partió en un gran barco real, y los barqueros remaron y remaron hasta que por fin llegaron a la vista del mágico palacio de mármol del Genio.

Entonces, la astuta mujer sabia fue sola a las escaleras del palacio, y comenzó a llorar y a lamentarse. Sucedió que aquel día el príncipe Corazón de León había salido de caza, por lo que la Princesa se había quedado sola, y como tenía un corazón muy tierno, apenas oyó llorar a la anciana, salió a ver qué le pasaba.

—Madre —la interpeló con amabilidad—, ¿por qué lloras?

—Hija mía —lloró la mujer sabia—, lloro al pensar en qué será de ti si el apuesto príncipe cae muerto por cualquier desgracia, y te quedas aquí sola, en los despoblados.

Pues la bruja sabía, gracias a sus artes, todo acerca del Príncipe.

—¡Muy cierto! —replicó la Princesa, retorciéndose las manos—. ¡Qué cosa tan espantosa sería! Nunca lo había pensado.

Durante todo el día lloró ante tal idea y, por la noche, cuando el Príncipe regresó, le contó sus temores; pero él se rio de ellos, diciéndole que su vida estaba a salvo, y que era muy poco probable que le ocurriera alguna desgracia.

Entonces la Princesa se sintió reconfortada; solo le rogó que le dijera dónde reposaba su vida, para poder ayudar a conservarla.

—Se encuentra en mi afilada espada —respondió el Príncipe—, que nunca falla. Si me la dañasen, moriría; sin embargo, por los medios comunes, nada puede prevalecer contra ella, ¡así que no te inquietes, cariño!

—Sería entonces más prudente que la dejes a salvo en casa cuando salgas de caza —le suplicó la Princesa.

Y aunque el príncipe Corazón de León insistió en que no había motivo para alarmarse, ella decidió salirse con la suya, y a la mañana siguiente, cuando el Príncipe salió de caza, escondió su fuerte y afilada espada, y guardó otra distinta en la vaina, para que él no se diera cuenta.

Así que cuando la mujer sabia llegó de nuevo y se puso a llorar en la escalinata de mármol, la Princesa la llamó llena de alegría:

—No llores, madre, que la vida del Príncipe está ya a salvo hoy. Reside en su espada, que está escondida en mi armario.

Entonces, la malvada y vieja bruja esperó a que la Princesa se echase su siesta y, cuando todo estuvo en calma, se llegó hasta el armario, cogió la espada, encendió un fuego vivo, y colocó la afilada y brillante hoja entre las brasas resplandecientes. A medida que iba calentándose más y más, el príncipe Corazón de León comenzó a sentir que una fiebre ardiente se apoderaba de su cuerpo, y consciente de las cualidades mágicas de su espada, la sacó para ver si le había ocurrido algo, y ¡hete aquí que no se trataba de su propia espada, sino de una falsificación! Gritó en voz alta:

—¡Estoy perdido! ¡Estoy perdido!

Y volvió al galope a casa. Pero la mujer sabia insufló aire al fuego con tanta rapidez, que la espada se puso al rojo vivo antes de que el príncipe Corazón de León pudiera llegar, y justo cuando este aparecía al otro lado del arroyo, un remache saltó de la empuñadura de la espada y rodó, y lo mismo hizo la cabeza del Príncipe.

Luego, la mujer sabia, dirigiéndose a la Princesa, le dijo:

—¡Hija! ¡Mira qué enredados se han quedado tus hermosos cabellos después de dormir! Deja que te los lave y te los peine para cuando vuelva tu marido.

Bajaron, pues, los escalones de mármol hasta el río; pero la mujer sabia dijo:

—Sube a mi barca, cariño; el agua es más clara en la otra orilla.

Y entonces, mientras la larga cabellera dorada de la Princesa cubría sus ojos como un velo, de modo que no podía ver, la malvada vieja bruja soltó la barca, que fue a la deriva corriente abajo.

En vano lloró y gimió la Princesa; y todo lo que pudo hacer fue pronunciar un juramento tremendo, diciendo:

—¡Oh, vieja desvergonzada! Ya sé que me llevas al palacio de algún rey; pero, sea quien sea, ¡juro no mirarle a la cara en doce años!

Por fin llegaron a la ciudad real, lo que alegró mucho al rey; pero cuando este tuvo noticia del solemne juramento que había hecho la Princesa, le construyó una alta torre, donde vivió completamente sola. Nadie, excepto los miembros del servicio doméstico, tenían permiso para entrar en el patio que la rodeaba, así que allí vivió, llorando a su perdido Corazón de León.

Pero ocurre que, cuando la cabeza del Príncipe rodó de aquella manera tan terrible, la planta de cebada que había dado al rey Cuchillero se partió en dos, de modo que la espiga cayó al suelo.

Tal suceso preocupó mucho al fiel Cuchillero, que inmediatamente adivinó que algún terrible desastre había alcanzado a su querido príncipe. Reunió sin demora un ejército y partió en su ayuda, encontrándose por el camino a los reyes Herrero y Carpintero, que iban ambos empeñados en la misma misión. Cuando descubrieron que las tres plantas de cebada habían caído en el mismo momento, los tres amigos se temieron lo peor, y no se sorprendieron cuando, después de un largo viaje, encontraron el cuerpo del Príncipe, todo quemado y con ampollas, tendido a la orilla del río, y con su cabeza cerca de él. Conocedores de las propiedades mágicas de la espada, la buscaron de inmediato, y cuando encontraron una falsificación en su lugar, ¡sus corazones se llenaron de pesar! Levantaron el cuerpo y lo llevaron al palacio con la intención de llorar y lamentarse por él, cuando ¡hete aquí que encontraron la verdadera espada, toda deforme y quemada, en un montón de cenizas, sin el remache y con la empuñadura a su lado!

—¡Esto tiene fácil arreglo! —gritó el Rey Herrero.

Así que avivó el fuego, forjó un remache y fijó la empuñadura a la hoja. Apenas lo hubo hecho, la cabeza del Príncipe se asentó sobre sus hombros tan firme como siempre.

—¡Ahora me toca a mí! —dijo el rey Cuchillero.

E hizo girar su piedra de afilar con tanta destreza, que las deformaciones y las manchas desaparecieron como por arte de magia, y la espada volvió a brillar como nunca. Y mientras hacía girar su piedra, las quemaduras y cicatrices desaparecieron igualmente del cuerpo del príncipe Corazón de León, hasta que por fin se incorporó, no solo vivo, sino también tan apuesto como antes.

—¿Dónde está mi Princesa? —fue lo primero que gritó, antes de contar a sus amigos todo lo que había pasado.

—¡Ahora me toca a mí! —exclamó jovialmente el rey Carpintero—. Dame tu espada y te traeré a la Princesa de vuelta en un santiamén.

Así pues, el rey Carpintero partió con la fuerte y brillante espada en la mano en busca de la princesa perdida. No tardó en llegar a la ciudad real y, al ver una alta torre recién construida, preguntó quién la habitaba. Cuando los habitantes de la ciudad le dijeron que se trataba de una princesa extranjera, a la que mantenían tan encerrada que solo se permitía entrar en el patio a los sirvientes, tuvo la certeza de que era ella a quien buscaba. Sin embargo, para asegurarse, se disfrazó de leñador y, pasando por debajo de las ventanas, gritó:

—¡Madera, madera! Quince piezas de oro por este haz de leña.

La Princesa, que estaba sentada en la azotea, tomando el aire, pidió a su criada que le preguntara qué clase de madera era esa para que resultara tan cara.

—Es solo leña —respondió el disfrazado Carpintero—, ¡pero se cortó con esta espada tan brillante y afilada!

Al oír tales palabras, la Princesa, con el corazón palpitante, se asomó al parapeto y reconoció la espada del príncipe Corazón de León. Pidió, pues, a su criada que preguntase si el leñador tenía algo más que vender, y este le respondió que tenía un maravilloso palanquín volador, que mostraría a la Princesa, si ella lo deseaba, cuando paseasse por el jardín al atardecer.

Ella aceptó la propuesta, y el Carpintero pasó todo el día preparando un palanquín maravilloso. Lo llevó al jardín de la torre para decir a la prisionera:

—Siéntate en él, Princesa, y comprueba lo bien que vuela.

Pero la hermana del Rey, que estaba allí, dijo que la Princesa no debía ir sola, así que subió también, y lo mismo hizo la malvada mujer sabia. Entonces, el rey Carpintero saltó al palanquín y al instante este empezó a volar más y más alto, como un pájaro.

—¡Ya he tenido bastante! Bajemos —dijo la hermana del rey al cabo de un rato.

Entonces, el Carpintero la agarró por la cintura y la arrojó por la borda, justo cuando navegaban por encima del río, de modo que se ahogó; pero esperó a que estuvieran justo encima de la torre alta antes de arrojar a la malvada mujer sabia, de modo que esta resultó espachurrada contra las piedras.

Luego, el palanquín voló directamente al mágico palacio de mármol de los Genios, donde el príncipe Corazón de León, que había estado esperando la llegada del rey Carpintero con la mayor de las impaciencias, se alegró muchísimo de ver de nuevo a su Princesa, y partió, escoltado por sus tres reyes compañeros, hacia los dominios de su padre. Pero cuando el pobre y anciano rey, que había envejecido mucho desde la partida de su hijo, vio llegar los tres ejércitos, creyó que se trataba de una fuerza invasora, así que salió a su encuentro y les dijo:

—Llevaos todas mis riquezas, pero dejad en paz a mi pobre pueblo, pues soy viejo y no puedo luchar. Si mi querido y valiente hijo Corazón de León hubiera estado conmigo, habría sido un asunto diferente, pero nos dejó hace años y nadie ha sabido nada de él desde entonces.

Al oír tales palabras, el Príncipe se echó al cuello de su padre y le contó todo lo que había ocurrido, y cómo estos eran sus tres viejos amigos: el Cuchillero, el Herrero y el Carpintero. Todo aquello alegró mucho al anciano, pero cuando vio a la novia de cabellos dorados que su hijo había traído a casa, su alegría no tuvo límites.

Así que todos quedaron contentos y vivieron felices para siempre.

EL MENDIGO Y LAS CINCO MAGDALENAS

Tamil Nadu

En cierta aldea, vivían un pobre mendigo y su esposa. El hombre salía todas las mañanas con una vasija limpia en la mano, volvía a casa con arroz suficiente para la comida del día, y así la pareja sobrevivía en la extrema pobreza.

Un día, un brahmán Mâdhva pobre los invitó a una fiesta, y entre los Mâdhvas, las magdalenas (*tôsai*) siempre forman parte de los manjares que se sirven en las ocasiones festivas. Así que durante el banquete el mendigo y su mujer se dieron un atracón de magdalenas. Quedaron tan satisfechos, que la mujer, deseosa de preparar más magdalenas en su propia casa, empezó a guardar cada día un poco del arroz que le traía su marido. Cuando hubo reunido suficiente, suplicó a la mujer de otro vecino pobre que le diera un poco de legumbres negras, cosa que esta —alabada sea su caridad— hizo de buena gana. Aquel día, los rostros del mendigo y de su mujer estaban literalmente radiantes de alegría, pues nada menos que iban a probar por segunda vez las ansiadas magdalenas. La mujer no tardó en convertir en pasta el arroz que había estado guardando y la legumbre negra que había obtenido de su vecina y, mezclándolo todo bien con un poco de sal, guindillas verdes, semillas de cilantro y cuajada, lo puso en una sartén al fuego; y ¡con la boca haciéndosele agua, preparó cinco magdalenas! Cuando su marido regresó de recoger limosna, ella estaba sacando de la sartén la quinta magdalena. Y cuando ella le puso delante las cinco magdalenas, a él también se le hizo la boca agua. Guardó dos para él y otras dos se las dio a su mujer, pero ¿qué hacer con la quinta? No sabía bien cómo salir de aquella dificultad. El hecho de que mitad y mitad sumasen uno, y que cada uno pudiera tomar dos magdalenas y media, era una cuestión demasiado difícil de resolver para él. No había que romper en pedazos las valiosas magdalenas, así que le dijo a su mujer que o bien él o bien ella debían coger la que quedaba. Pero ¿cómo iban a decidir cuál sería el afortunado?

Propuso el marido:

—Cerremos los ojos los dos y tumbémonos como dormidos, cada uno en uno de los porches a cada lado de la cocina. El que abra un ojo y hable primero se lleva solo dos magdalenas, y el otro tres.

Tan grande era el deseo de ambos de conseguir las tres magdalenas que los dos estuvieron de acuerdo, y la mujer, aunque se le hacía la boca agua por las magdalenas, resolvió afrontar la prueba. Colocó los cinco pasteles en un molde y cubrió este con otro. A continuación, cerró cuidadosamente la puerta por dentro y, tras pedir a su marido que saliera al porche oriental, se tumbó en el occidental. No tenía sueño, y con los ojos cerrados vigilaba a su marido, pues si él hablaba primero solo tendría dos magdalenas y las otras tres le tocarían a ella. Su marido la vigilaba igualmente. Así transcurrió un día entero: ¡y dos y tres! La casa no se abrió nunca.

Ningún mendigo acudió a recibir la limosna matutina. Todo el pueblo empezó a preguntar por el mendigo desaparecido. ¿Qué había sido de él? ¿Qué había sido de su mujer?

—Id a ver si su casa está cerrada por fuera y si nos ha dejado para irse a otro pueblo —dijeron los ancianos.

Entonces, se acercaron hasta allí los guardias del pueblo y trataron de abrir la puerta, pero no lo consiguieron.

—Seguro que está cerrada por dentro —dijeron—. Debe de haber ocurrido alguna desgracia. Tal vez unos ladrones han entrado en la casa y, después de saquear sus bienes, han asesinado a los moradores.

«Pero ¿qué propiedades puede tener un mendigo?», se preguntó la asamblea del pueblo, y como no les gustaba perder el tiempo en especulaciones ociosas, enviaron a dos de los alguaciles para que subiesen al tejado y abrieran el pestillo desde dentro.

Mientras tanto, el pueblo al completo —hombres, mujeres y niños— se apostó ante la casa del mendigo para ver lo que había ocurrido dentro. Los vigilantes entraron en la casa y, para su horror, encontraron al mendigo y a su mujer tendidos en los porches opuestos como dos cadáveres. Abrieron la puerta y todo el pueblo entró corriendo. También ellos vieron al mendigo y a su mujer tan inmóviles, que los creyeron muertos. Y aunque la pareja de mendigos había oído todo lo que pasaba a su alrededor, ninguno de los dos quiso abrir un ojo ni hablar. Porque el primero que lo hiciera, recibiría solo dos magdalenas.

A expensas del pueblo, se prepararon dos literas verdes de bambú y hojas de cacao para trasladar a la desafortunada pareja al crematorio.

—¡Cuánto debían de amarse para haber muerto juntos así! —dijeron algunos ancianos del pueblo.

Así, acabaron por llegar al crematorio, y los vigilantes del pueblo recogieron de cada casa una veintena de tortas de estiércol seco y un haz de leña para la pira funeraria[1]. Con estas caritativas contribuciones habían preparado dos piras, una para el hombre y otra para la mujer. Entonces, encendieron las piras, y cuando el fuego se acercó a su pierna, el hombre pensó que había llegado el momento de renunciar a la prueba y conformarse con dos magdalenas. A la sazón, mientras los aldeanos seguían con los ritos funerarios, oyeron de pronto una voz:

—¡Me conformaré con dos magdalenas!

Inmediatamente otra voz replicó desde la pira de la mujer:

—¡He ganado; déjame las tres!

Los aldeanos, espantados, huyeron. Solo un hombre audaz se encontró cara a cara con el marido y la mujer supuestamente muertos. Era un hombre atrevido, porque cuando un hombre muerto o supuestamente muerto vuelve a la vida, la gente del pueblo lo considera un fantasma. Sin embargo, este valeroso aldeano interrogó a los mendigos hasta conocer su historia. Luego, fue en busca de los fugitivos y les contó toda la historia de las cinco magdalenas, que causó gran asombro en todos.

---

[1] Tal es la costumbre de los pueblos del sur de la India cuando se produce una muerte en la aldea.

Pero ¿qué hacer con los que se habían enfrentado voluntariamente a la muerte por amor a las magdalenas? Quienes subían a la hoguera vegetal y yacían en la pira funeraria no podían volver nunca al pueblo. Si hacían tal cosa, todo el pueblo perecería. Así que los ancianos construyeron una pequeña cabaña en un prado deshabitado a las afueras de la aldea, y obligaron al mendigo y a su mujer a vivir allí.

Desde aquel memorable día, nuestro héroe y su esposa fueron llamados «el mendigo de las magdalenas» y «la mujer del mendigo de las magdalenas», y muchas ancianas y niños del pueblo solían llevarles magdalenas tanto por la mañana como por la tarde, compadecidos de ellos, pues ¿no habían deseado tanto unas magdalenas como para arrostrar la muerte en vida por ellas?

NOTA SOBRE LAS FUENTES

Los cuentos presentes en este libro se recopilaron, tradujeron y publicaron a finales del siglo XIX y principios del XX. Entre los folcloristas que lo hicieron había tanto ciudadanos indios como británicos, que se basaron en entrevistas con narradores de aldeas, y en el caso de Paṇḍit S. M. Naṭêśa Sâstrî, en sus propios recuerdos de infancia, como fuentes para los cuentos. Aunque muchos de estos cuentos aparecen en múltiples variantes por toda la India, las versiones concretas aquí incluidas se contaban en las tres regiones que hoy son Bengala, Punjab y Tamil Nadu. Estos cuentos se han extraído de las siguientes publicaciones, todas ellas de dominio público:

Day, Lal Behari, *Folk-Tales of Bengal.* Londres: Macmillan and Co., 1883. Internet Archive, 2008: https://archive.org/details/folktalesbengal00daygoog

Naṭêśa Sâstrî, S. M., *Folkore in Southern India.* Bombay: Education Society's Press, 1884-88. Internet Archive, 2009: https://archive.org/details/cu31924024159661

Steel, Flora Annie, *Tales of the Punjab*: Told by the People. Notas de R. C. Temple. Londres: Macmillan and Co., 1917. Internet Archive, 2007: https://archive.org/details/talesofpunjabtol00stee

Swynnerton, Charles, *Indian Nights' Entertainment*; or, *Folk-Tales from the Upper Indus.* Londres: Elliot Stock, 1892. Internet Archive, 2009: https://archive.org/details/cu31924023651072.

FUENTES

❖ ⋯⦿⋯ ❖

«El mal negocio del oso». En *Tales of the Punjab: Told by the People*, de Flora Annie Steel, con notas de R. C. Temple.

«El mendigo y las cinco magdalenas». En *Folklore in Southern India*, del Paṇḍit S. M. Naṭêsa Sâstrî.

«Bopolûchî». En *Tales of the Punjab: Told by the People*, de Flora Annie Steel, con notas de R. C. Temple.

«La chica brahmán que se casó con un tigre». En *Folklore in Southern India*, del Paṇḍit S. M. Naṭêsa Sâstrî.

«El Brahmarâkshasa». En *Folklore in Southern India*, del Paṇḍit S. M. Naṭêsa Sâstrî.

«Eesara y Caneesara». En *Indian Nights' Entertainment; or, Folk-Tales from the Upper Indus*, del reverendo Charles Swynnerton, F.S.A.

«Gholâm Badshah y su hijo Ghool». En *Indian Nights' Entertainment; or, Folk-Tales from the Upper Indus*, del reverendo Charles Swynnerton, F.S.A.

«El brahmán fantasma». En *Folk-Tales of Bengal*, del reverendo Lal Behari Day.

«El brahmán indigente». En *Folk-Tales of Bengal*, del reverendo Lal Behari Day.

«El rey y los ladrones». En *Indian Nights' Entertainment; or, Folk-Tales from the Upper Indus*, del reverendo Charles Swynnerton, F.S.A.

«El secreto de la vida». En *Folk-Tales of Bengal*, del reverendo Lal Behari Day.

«El Señor de la Muerte». En *Tales of the Punjab*: *Told by the People*, de Flora Annie Steel, con notas de R. C. Temple.

«El Príncipe Corazón de León y sus tres amigos». En *Tales of the Punjab*: *Told by the People*, de Flora Annie Steel, con notas de R. C. Temple.

«La boda de la rata». En *Tales of the Punjab*: *Told by the People*, de Flora Annie Steel, con notas de R. C. Temple.

«El hijo de siete madres». En *Tales of the Punjab*: *Told by the People*, de Flora Annie Steel, con notas de R. C. Temple.

«El hijo del adivino». En *Folklore in Southern India*, del Paṇḍit S. M. Naṭêśa Sâstrî.